Journal d'une Princesse

MEG CABOT

Journal d'une Princesse

Un amoureux pour Mia

Traduit de l'anglais (États-Unis)
par Josette Chicheportiche

HACHETTE
Jeunesse

Je remercie Beth Ader, Jennifer Brown, Barbara Cabot, Sarah Davies, Laura Langlie, Abby McAden et David Walton.

L'édition originale de cet ouvrage a paru en langue anglaise chez HarperCollins Children's Books USA sous le titre :

The Princess Diaries, volume III : PRINCESS IN LOVE

Hachette Livre, 43 quai de Grenelle, 75015 Paris.

Pour Benjamin

Un des « faire semblant » de Sara, c'est d'être une princesse. Elle y joue tout le temps, même en classe ! Elle voudrait qu'Ermengarde fasse semblant d'en être une aussi ; mais Ermengarde dit qu'elle est trop grosse pour cela.

« Sûrement elle est trop grosse, approuve Lavinia, mais Sara, elle, est trop maigre. »

Sara dit que cela n'a rien à voir avec le physique ou l'argent, mais avec ce qu'on pense et ce qu'on fait.

Une Petite Princesse,
Frances Hodgson Burnett

Devoir d'anglais pour le 8 décembre :

Sujet : « Le lycée Albert-Einstein accueille des élèves venus d'horizons différents. Plus de cent soixante-dix nationalités, religions et groupes ethniques y sont représentés. Racontez comment votre famille célèbre cette fête spécifiquement américaine qu'est Thanksgiving. (Respectez les marges, s'il vous plaît.) »

Mon Thanksgiving
par Mia Thermopolis

6 h 45 : Je suis réveillée par le bruit de ma mère en train de vomir. Elle en est à son troisième mois de grossesse. D'après son médecin, les nausées devraient cesser dans le courant du mois prochain. Je croise les doigts et, en attendant, je coche les jours sur mon calendrier de 'N Sync. (C'est un cadeau de Lilly, ma meilleure amie. Mais elle me l'a offert pour rire. Lilly sait bien que je n'aime pas ce groupe, à part l'un des chanteurs, qui est assez mignon.)

7 h 45 : Mr. Gianini, mon tout nouveau beau-père, frappe à ma porte. Je suis censée l'appeler Frank, maintenant. Sauf que ce n'est pas évident puisque, au lycée, où il est toujours mon prof de maths, je dois l'appeler Mr. Gianini. Du coup, je préfère ne pas l'appeler du tout.

Mr. Gianini me dit qu'il est l'heure de se lever. Comme on va fêter Thanksgiving chez ses parents, à Long Island, il faut qu'on parte tout de suite si on veut éviter les embouteillages.

8 h 45 : Vu qu'à cette heure, il n'y a personne sur la route (surtout un jour de Thanksgiving), on arrive chez les parents de Mr. G., à Sagaponic, trois heures en avance.

Mrs. Gianini (la mère de Mr. Gianini, pas ma mère – ma mère continue de se faire appeler Helen Thermopolis, d'abord parce que c'est son nom d'artiste et puis parce qu'elle est contre le culte du patriarcat) a encore ses bigoudis sur la tête. Elle a l'air très étonné. Pas seulement de nous voir arriver super tôt, mais parce que, à peine entrée, ma mère court dans la salle de bains en plaquant sa main sur la bouche, à cause de l'odeur de la dinde en train de cuire. J'espère que cela signifie que mon futur petit frère ou ma future petite sœur sera végétarien, puisque normalement l'odeur de la viande en train de cuire donne faim à ma mère et non la nausée.

En chemin, ma mère m'a expliqué que les parents de Mr. G. étaient assez vieux jeu et aimaient bien respecter les traditions pour le repas de Thanksgiving. Elle n'est donc pas sûre qu'ils apprécient mon discours sur le génocide des Indiens d'Amérique, commis par les Pèlerins en donnant à leurs nouveaux amis des couvertures contaminées avec le virus de la variole, ou sur le fait qu'on devrait tous avoir honte de célébrer, chaque année, la destruction d'un peuple et de sa culture. À la place, elle m'a suggéré d'aborder des sujets plus neutres, comme le temps, par exemple. Je lui ai demandé si je pouvais parler du taux étonnamment élevé d'amateurs d'opéra à Reykjavik, en Islande (plus de 98 % de la population a vu la *Tosca* au moins une fois). Ma mère a soupiré et a répondu : « Si tu ne peux pas t'en empêcher. »

J'en conclus qu'elle commence à en avoir assez d'entendre parler de l'Islande.

Je suis désolée, mais je trouve que l'Islande est un pays vraiment fascinant.

9 h 45 - 11 h 45 : Mr. Gianini père et moi, on s'installe dans ce qu'il appelle le « salon détente » pour regarder à la télé le défilé qu'organise Macy's tous les ans pour Thanksgiving.

Il n'y a pas de « salon détente » dans les appartements de Manhattan. Il y a juste des salons.

Comme je n'ai pas oublié ce que ma mère m'a dit, je m'abstiens de me lancer dans un autre de mes sujets de prédilection, à savoir que le défilé de Macy's est une illustration de ce que donne le capitalisme américain lorsqu'il n'est soumis à aucun contrôle.

Je reconnais, à un moment, le visage légèrement écrabouillé de Lilly dans la foule. Lilly se trouve à l'angle de Broadway et de la 37e Rue et filme le char qui transporte Miss America et William Shatner, de *Star Trek*. Je fais confiance à Lilly pour dénoncer le défilé de Macy's dans le prochain épisode de son émission : *Lilly ne mâche pas ses mots*. (Ça passe tous les vendredis soir à 21 heures sur la chaîne 67.)

12 h 00 : La sœur et le beau-frère de Mr. Gianini fils arrivent avec leurs deux enfants et les tartes à la citrouille. Les enfants, qui ont mon âge, sont jumeaux. Il y a un garçon, Nathan, et une fille, Claire. Il ne me faut pas longtemps pour deviner que Claire et moi, on ne va pas s'entendre. À peine a-t-on été présentées, qu'elle me toise des pieds à la tête comme les pom-pom girls du lycée et qu'elle me dit, d'une voix pincée : « C'est *toi* la princesse ? »

O.K. Je sais qu'avec mon mètre soixante-quinze, mon absence de poitrine, mes pieds qui font penser à des skis tellement ils sont grands et mes cheveux qui forment une touffe au-dessus de ma tête comme la boule de coton à l'extrémité d'un coton-tige, je suis la plus grande mutante de la première année du lycée de garçons Albert-Einstein (devenu mixte en 1975). Mais ce n'est pas une raison pour me le rappeler. En fait, je n'apprécie pas du tout qu'on me le rappelle, surtout quand c'est une fille qui ne se donne même pas la peine de voir que sous cette façade de mutante bat le cœur d'un être humain qui lutte pour s'autoréaliser, comme tout le monde finalement sur Terre.

Non que je me soucie de ce que pense de moi la nièce de Mr. Gianini. C'est quand même le genre de fille à porter une mini-jupe en peau de poney. Et ce n'est même pas une imitation ! Elle doit pourtant savoir qu'un poney est mort pour qu'elle puisse porter cette jupe ? En tout cas, si elle le sait, elle s'en fiche.

Claire sort son téléphone portable et va sur le balcon où la réception est meilleure, paraît-il. (Même s'il fait – 2°, elle n'a pas l'air de s'en rendre compte. Mais c'est vrai qu'elle a sa jupe en peau de poney pour lui tenir chaud.) Tout en parlant, elle n'arrête pas de me jeter des coups d'œil à travers la porte vitrée et de glousser.

Nathan – qui porte un pantalon baggy et toutes sortes de bijoux – demande à son grand-père s'il peut changer de chaîne. Résultat, on regarde M.T.V. 2. Nathan connaît toutes les chansons par cœur et, quand un mot est remplacé par un bip parce qu'il est trop vulgaire, il le crie à tue-tête.

13 h 00 : On passe à table.

13 h 15 : On a fini de manger.

13 h 20 : Je propose à Mrs. Gianini de l'aider à débarrasser. Elle me répond : « Ne sois pas ridicule, profites-en plutôt pour bavarder avec Claire. »

C'est incroyable comme les personnes âgées peuvent être à côté de la plaque, parfois.

Bref, au lieu de bavarder avec Claire, je reste à ma place et je dis à Mrs. Gianini que je suis très heureuse que son fils vive avec nous. Mr. G. est super efficace pour ranger. Il a même décidé que ce serait lui désormais qui nettoierait les toilettes (jusqu'à présent, c'était moi). Et je ne parle pas de la télé grand écran, du flipper et du baby-foot qu'il a apportés de son ancien appartement.

Mrs. Gianini rougit de plaisir. C'est fou ce que les parents aiment s'entendre dire que leur enfant est quelqu'un de bien, même quand leur enfant, comme Mr. Gianini, a trente-neuf ans.

15 h 00 : On part pour ne pas se retrouver dans les embouteillages. Je dis au revoir à tout le monde. Claire ne me répond pas. Nathan, si. Il me conseille de rester vraie. Mrs. Gianini nous donne les restes de la dinde. Je la remercie, même si je ne mange pas de dinde, puisque je suis végétarienne.

18 h 30 : On arrive enfin à Manhattan après avoir passé trois heures et demie à rouler pare-chocs contre pare-chocs le long de la voie express de Long Island. Je ne vois pas très bien ce qu'elle a d'express, si vous voulez mon avis.

J'ai à peine le temps d'enfiler ma robe longue bleu layette de chez Armani et de mettre mes ballerines assorties que Lars, mon garde du corps, vient me chercher pour mon deuxième repas de Thanksgiving de la journée.

19 h 30 : J'arrive au *Plaza*. Je suis accueillie par le portier. Il me conduit au salon Palm Court, et devant toutes les personnes qui y sont rassemblées, m'annonce en disant : « La princesse Amelia Mignonette Thermopolis Renaldo. »

J'aurais nettement préféré qu'il se contente de Mia tout court.

Mon père, le prince de Genovia, et sa mère, la princesse douairière, ont loué le salon Palm Court pour fêter Thanksgiving avec leurs amis.

J'ai eu beau leur expliquer que ce n'était pas nécessaire, mon père et ma grand-mère ont décidé de rester à New York jusqu'à ce que j'apprenne tout ce que je dois savoir sur le métier de princesse... ou jusqu'à ce que je sois présentée au peuple de Genovia la veille de Noël, selon ce qui vient en premier. Pour qui me prennent-ils ? Je ne vais pas me mettre à bombarder les dames de compagnie avec des noyaux d'olive dès mon arrivée au palais ou me gratter sous les bras devant tout le monde. J'ai bientôt quinze ans tout de même ! Je sais me tenir !

Mais, apparemment, Grand-Mère ne me croit pas et, tous les jours, elle m'oblige à suivre des leçons de princesse. Lilly a contacté les Nations unies pour savoir si ces leçons ne constituaient pas une violation des droits de l'homme. Elle dit que c'est contraire à la loi de forcer un mineur à s'entraîner pendant des heures à incliner son assiette de soupe pour recueillir les dernières gouttes de sa bisque de homard. Les Nations unies n'ont toujours pas répondu.

C'est une idée de Grand-Mère d'organiser ce qu'elle appelle un dîner de Thanksgiving « à l'ancienne », c'est-à-dire avec des moules au vin blanc, des pigeons farcis au foie gras, des queues de homard et du caviar iranien, presque introuvable à cause de l'embargo. Elle a invité deux cents de ses amis les plus intimes, plus l'empereur du Japon et sa femme, qui étaient de passage à New York pour un sommet sur le commerce international.

C'est à cause de l'empereur que je suis en ballerines. Ma grand-mère dit que c'est mal élevé d'être plus grande qu'un empereur.

20 h 00 - 23 h 00 : Je discute avec ma voisine de table, l'impératrice du Japon. Elle me raconte qu'avant de se marier avec l'empereur, elle était comme moi, une personne normale. Sauf que moi, je suis née princesse. Même si je ne l'ai su qu'en septembre, quand mon père a appris qu'il ne pourrait plus avoir d'enfant à cause de sa chimiothérapie (il avait un cancer des testicules), qui l'a rendu stérile. À ce moment-là seulement, il m'a avoué qu'il était prince et que j'étais la seule héritière du trône de Genovia, bien que je sois une enfant illégitime puisque mon père et ma mère ne se sont jamais mariés.

En tout cas, même si Genovia est un tout petit pays de 50 000 habitants, coincé entre l'Italie et la France, je peux vous dire que c'est du boulot d'être princesse.

Pas assez important cependant pour qu'on augmente mon argent de poche – je ne touche toujours que dix dollars par semaine –, mais suffisamment pour qu'un garde du corps me suive partout, au cas où un terroriste en queue-de-cheval et pantalon de cuir se mettrait en tête de me kidnapper.

L'impératrice connaît tout ça – la poisse que c'est d'être un jour quelqu'un d'ordinaire et de voir le lendemain sa photo en couverture de *People*.

Elle me donne un petit conseil : vérifier que mon kimono est bien attaché avant de lever le bras pour saluer la foule. Je la remercie, même si je ne porte pas de kimono.

23 h 30 : Je suis tellement fatiguée – je me suis quand même levée aux aurores ce matin pour aller à Long Island – que je ne peux pas m'empêcher de bâiller pendant que l'impératrice me parle. J'essaie de le cacher comme Grand-Mère m'a appris à le faire, en serrant les mâchoires, mais ça me fait larmoyer et tout le reste de ma figure s'allonge comme si on tirait dessus. Grand-Mère a beau me foudroyer du regard par-dessus sa salade aux poires et aux noix, je n'arrive pas à me retenir. Heureusement, mon père s'en rend compte et m'accorde royalement le droit de me retirer. Lars me raccompagne à la maison. Je sais que Grand-Mère m'en veut d'être partie avant le fromage, mais c'était ça ou je m'endormais comme une masse, le nez dans le camembert. De toute façon, je fais confiance à Grand-Mère pour me trouver une punition. Par exemple, devoir apprendre par cœur le nom de tous les membres de la famille royale de Suède, ou quelque chose dans le même genre.

Grand-Mère trouve toujours.

Minuit : Après une longue et épuisante journée durant laquelle on a tous remercié les fondateurs de notre pays – ces exterminateurs hypocrites connus sous le nom de Pèlerins –, je vais enfin me coucher.

Voilà. C'était le Thanksgiving de Mia Thermopolis.

Samedi 6 décembre

C'est la C.A.T.A.S.T.R.O.P.H.E.

Je sais que ce n'est pas la première fois que je le dis, mais CETTE FOIS, c'est vrai.

Et pourquoi ? Pourquoi CETTE FOIS en particulier ? Étonnamment, ce n'est pas parce que :

Il y a trois mois, j'ai appris que j'étais l'héritière du trône d'un tout petit pays d'Europe et qu'à la fin du mois je vais devoir me rendre dans ce tout petit pays pour être officiellement présentée à mon peuple qui, à tous les coups, va me détester. Autant être réaliste : quand on ne porte que des Doc Martens montantes, et que le feuilleton télé qu'on préfère, c'est *Alerte à Malibu,* on ne fait pas franchement « princesse ».

Ce n'est pas la catastrophe non plus parce que :

Dans six mois, ma mère va accoucher de l'enfant de mon prof de maths, avec qui elle s'est récemment enfuie pour se marier.

Ou encore parce que :

Au lycée, les profs nous donnent tellement de devoirs – sans compter qu'après les cours, Grand-Mère me martyrise avec tous ces trucs de princesse que je dois apprendre avant Noël – que je n'ai plus le temps de tenir mon journal, ou de faire n'importe quoi d'autre, d'ailleurs.

Oh, non. Ce n'est pas à cause de tout cela.

C'est la catastrophe parce que :

Je sors avec un garçon.

À presque quinze ans, on pourrait penser qu'il était temps. Toutes mes copines sortent avec des garçons. J'ai bien dit toutes, même Lilly, pour qui le sexe masculin est pourtant responsable de presque tous les maux de la société, si ce n'est de tous.

Bon d'accord. Le petit copain de Lilly, c'est Boris Pelkowski. Et même si Boris Pelkowski est l'un des plus jeunes virtuoses du violon, il persiste à rentrer son pull dans son pantalon et a souvent des aliments coincés dans son appareil dentaire. Personnellement, je ne sortirais pas avec lui. Mais bon, s'il plaît à Lilly, tant mieux pour elle.

En même temps, je dois avouer que, lorsque Lilly

– qui est la personne la plus difficile à satisfaire sur Terre (et je suis bien placée pour le savoir, c'est ma meilleure amie depuis la maternelle) – m'a annoncé qu'elle sortait avec un garçon, ça m'a fait flipper parce que ça voulait peut-être dire qu'il n'y avait pas que mon gigantisme et mon incapacité à verbaliser ma colère rentrée, comme disent les parents de Lilly qui sont psychanalystes l'un et l'autre, qui clochaient chez moi.

Bref, un beau jour, j'en ai eu un. Petit ami, je veux dire.

O.K. Peut-être pas un beau jour. Kenny m'avait envoyé avant, sur mon ordinateur, plusieurs lettres d'amour anonymes. Mais je ne savais pas qu'elles venaient de lui. Je pensais (d'accord, j'espérais) que c'était quelqu'un d'autre jusqu'à ce que je comprenne que c'était lui. Et à ce moment-là, il était trop tard pour faire machine arrière. J'avais un petit ami.

Mon problème aurait dû être réglé, n'est-ce pas ?

Eh bien, non. Il ne l'est pas.

Attention. Je ne dis pas que je n'apprécie pas Kenny. Je l'apprécie. Je l'apprécie même beaucoup. En plus, on a plein de points communs. Par exemple, on pense tous les deux qu'il n'y a pas que la vie humaine qui compte, mais *toutes* les formes de vie. Du coup, on refuse de disséquer des fœtus de cochon ou des grenouilles pendant le cours de bio. À la place, on rédige des dossiers sur les cycles de vie des larves et des vers de farine.

On aime bien aussi la science-fiction. Kenny est beaucoup plus expert que moi, mais il a été super impressionné quand je lui ai parlé de Robert A. Heinlein et d'Isaac Asimov, qu'on nous a obligés à lire à l'école (curieusement, Kenny ne s'en souvenait pas).

Cela dit, je ne lui ai pas avoué que je trouvais ça parfois assez barbant, la science-fiction. C'est vrai, quoi. Il n'y a pratiquement jamais de filles dedans.

En revanche, il y en a beaucoup dans les mangas. Kenny adore les mangas. Il a même décidé de consacrer sa vie à leur promotion (plus précisément quand il ne sera pas occupé à chercher un remède contre le cancer). J'ai remarqué que la plupart des filles dans les mangas laissent leurs cheveux flotter au vent quand elles pilotent un avion de chasse et qu'elles bombardent les forces du mal. C'est un peu risqué, non ?

Mais, comme je l'ai dit, je n'ai jamais parlé de tout ça à Kenny. Ce qui ne nous empêche pas de bien nous entendre. Pour plein de choses, je trouve que c'est assez sympa d'avoir un petit copain. Par exemple, je n'ai plus à me soucier de savoir avec qui je vais aller au bal laïque qu'organise cet hiver le lycée (c'est comme ça qu'on l'appelle maintenant, parce que son ancien nom, le bal de Noël du lycée Albert-Einstein, offensait les élèves qui ne fêtent pas Noël).

Et pourquoi je n'ai plus à me soucier de savoir avec qui je vais aller au plus grand bal du lycée, à l'exception du bal de fin d'études ?

Parce que j'y vais avec Kenny.

Bon d'accord, il ne me l'a pas encore proposé, mais il va le faire. Parce que c'est mon petit ami.

C'est génial, non ? Parfois, je me dis que je suis la fille la plus chanceuse sur Terre. Sérieux. Si on y réfléchit bien : je ne suis peut-être pas très jolie, mais je ne suis pas non plus totalement défigurée ; j'habite New York, qui est la ville la plus cool au monde ; je suis princesse ; j'ai un petit ami. Qu'est-ce que je pourrais demander de plus, hein ? Franchement.

Vous voulez savoir ?

Vous voulez que je vous dise ce qui ne va pas dans ma vie ?

J'ai un petit ami et JE NE L'AIME PAS.

Attention, je ne suis pas en train de dire que Kenny craint. Pas du tout. Il est gentil, drôle, intéressant. En plus, il est assez mignon, dans le genre grand et maigre.

C'est juste que quand je le vois dans le hall du

lycée, mon cœur ne se met pas à battre la chamade comme le cœur des filles dans les romans d'amour que m'a prêtés mon amie Tina Hakim Baba.

Pareil quand il me prend la main, au cinéma ou dans la rue. Je ne ressens pas ce petit picotement dans les doigts dont elles parlent.

Et quand il m'embrasse ? Il paraît que des feux d'artifice doivent s'allumer partout dans le ciel. Eh bien, je peux vous dire que je n'en ai pas vu un seul. *Niet. Nada.* Même pas un tout petit feu de Bengale.

C'est curieux, parce que, avant d'avoir un petit copain, je passais mon temps à me demander comment en trouver un, et une fois trouvé, comment l'amener à m'embrasser.

Sauf que, maintenant que c'est fait, je passe mon temps à me demander comment éviter qu'il m'embrasse.

Ce qui marche le mieux, jusqu'à présent, c'est tourner la tête. Quand je vois la bouche de Kenny s'approcher de moi, je tourne la tête au dernier moment. Du coup, Kenny embrasse ma joue et mes cheveux.

Ce que je déteste aussi, c'est quand il me regarde dans les yeux – ce qu'il fait souvent – et qu'il me demande à quoi je pense. Je ne peux pas lui répondre « À toi », vu que ce n'est pas à lui que je pense.

Celui à qui je pense, c'est Michael Moscovitz, le frère de Lilly, que j'aime depuis... Depuis toujours, j'imagine.

Pour en revenir à Kenny, ce que je déteste, mais alors vraiment, c'est qu'aux yeux de tout le monde, on passe pour un couple, lui et moi. Maintenant, ce n'est plus Lilly et Mia qui traînent ensemble le samedi soir, c'est Lilly-et-Boris et Kenny-et-Mia. Parfois Tina Hakim Baba et son petit copain, Dave Farouq El-Abar, et Shameeka Taylor et Daryl Gardner se joignent à nous, et ça devient Lilly-et-Boris, Kenny-et-Mia, Tina-et-Dave et Shameeka-et-Daryl.

Résultat, si je casse avec Kenny, avec qui je sortirai le samedi soir, hein ? Lilly-et-Boris, Tina-et-Dave et Shameeka-et-Daryl ne supporteraient jamais de traîner Mia-toute-seule. Je serai comme la cinquième roue du carrosse.

Sans parler du fait que, si je casse avec Kenny, je n'aurai personne avec qui aller au bal. Bon d'accord, encore une fois, Kenny ne m'a toujours pas proposé de l'accompagner.

Zut ! Je n'ai pas vu l'heure. Il faut que je file. J'ai rendez-vous à la patinoire du Rockefeller Center avec Kenny et Lilly-et-Boris, et Tina-et-Dave.

Tout ce que j'ai à dire, c'est : méfiez-vous quand vous faites un vœu. Il peut se réaliser.

Dimanche 7 décembre, 11 heures

Je pensais que c'était la catastrophe parce que je sortais avec un garçon que je n'aime pas et que je vais devoir casser avec lui sans lui faire de peine, ce qui, à mon avis, est impossible.

Eh bien, j'étais loin de mesurer à quel point c'était vraiment la catastrophe.

Du moins jusqu'à hier soir.

Parce que hier soir, Lilly-et-Boris, Tina-et-Dave et Kenny-et-Moi avons découvert un nouveau couple : Michael-et-Judith.

Vous avez bien lu : Michael, le frère de Lilly. Il est arrivé hier soir à la patinoire avec Judith Gershner, la présidente du Club informatique – dont Michael est le trésorier.

Judith Gershner, comme Michael, est en terminale à Albert-Einstein.

Judith Gershner, comme Michael, fait partie des meilleurs élèves du lycée.

Judith Gershner, comme Michael, sera acceptée dans n'importe quelle université de son choix parce que Judith Gershner, comme Michael, est une élève brillante.

En fait, Judith Gershner, comme Michael, a remporté un prix l'année dernière au concours annuel de Technologie et Recherche biomédicale du lycée

Albert-Einstein pour avoir réussi à cloner une drosophile.

Elle a cloné une drosophile. Chez elle. Dans *sa* chambre.

Judith Gershner sait comment cloner une drosophile dans sa chambre, et moi je ne sais même pas multiplier deux fractions entre elles.

Si vous étiez Michael Moscovitz – c'est-à-dire un élève qui n'a eu que des A pendant toute sa scolarité et qui a été accepté sur dossier à Columbia –, avec qui préféreriez-vous sortir ? Une fille qui sait cloner des drosophiles dans sa chambre ou une fille dont la moyenne en maths dépasse difficilement D bien que *sa mère ait épousé son prof de maths* ?

Attention. Je ne suis pas en train de dire que Michael ait un jour envisagé de sortir avec moi, même si, je dois l'admettre, deux ou trois fois, j'ai cru qu'il allait me le proposer. Je devais sans doute prendre mes désirs pour des réalités. Soyons honnête. Qu'est-ce qu'un garçon comme Michael, qui réussit à l'école et qui réussira probablement dans n'importe quelle carrière qu'il choisira, ferait avec une fille comme moi ? Je vous rappelle quand même que j'étais à deux doigts de me faire virer avant de suivre des cours de soutien avec Mr. Gianini et, ironie du sort, avec Michael en personne ?

La vérité, c'est que Michael et Judith Gershner

vont très bien ensemble. Ils se ressemblent même. Ils ont tous les deux des cheveux noirs bouclés et sont blancs comme un cachet d'aspirine à force de rester enfermés dans leur chambre à surfer sur le Net à la recherche d'infos sur les génomes.

Mais si Michael et Judith Gershner vont si bien ensemble, pourquoi est-ce que ça m'a fait bizarre quand je les ai vus arriver à la patinoire ?

Après tout, je n'ai aucune raison d'être jalouse. Aucune. Michael Moscovitz a bien le droit de proposer à Judith Gershner d'aller faire un tour à la patinoire.

Sauf que ça m'a quand même fait bizarre. Michael ne sort pratiquement jamais de sa chambre, vu qu'il passe la majeure partie de son temps assis devant son ordinateur à rédiger son magazine en ligne, *Le Cerveau.* S'il y a bien un endroit où je ne m'attendais pas à le voir, c'est la patinoire du Rockefeller Center, surtout en pleine période d'affluence, comme c'est le cas juste avant Noël. Michael évite en général ce qu'il appelle les « pièges à touristes », c'est-à-dire, tout ce qui se trouve en gros au nord de Bleecker Street.

Pourtant, il est venu, et avec Judith Gershner, avec qui il était en pleine discussion. Je parie qu'ils parlaient d'un truc sérieux, comme l'A.D.N.

J'ai donné un petit coup de coude à Lilly – on

était en train de lacer nos patins –, et je lui ai dit d'une voix qui, j'espère, ne trahissait pas mes sentiments : « Tiens, voilà ton frère. »

Lilly n'a même pas paru surprise ! Elle a relevé la tête et a fait : « Ah oui. Il m'a dit qu'il passerait peut-être. »

Qu'il passerait peut-être *avec sa petite amie* ? Est-ce qu'il lui avait dit *ça* aussi ? Lilly aurait quand même pu penser à me prévenir, histoire que je me prépare mentalement !

Sauf que Lilly ne sait pas ce que je ressens pour son frère, par conséquent il n'y avait aucune raison pour qu'elle m'annonce sa venue en douceur.

Voilà comment j'ai géré la situation. C'était très cool (tu parles !).

Moi : (L'air de rien, à Lilly) Je ne savais pas que ton frère et Judith Gershner sortaient ensemble.

Lilly : (Curieusement, dégoûtée) Je t'en prie. Ils ne sortent pas ensemble. Elle travaillait à la maison avec Michael sur l'un de leurs stupides projets pour le Club informatique. Ils ont appris qu'on allait à la patinoire et Judith a dit qu'elle aimerait bien y faire un tour.

Moi : Je trouve qu'ils ont quand même l'air de sortir ensemble.

Lilly : Si tu le dis. Boris, est-ce que tu es obligé de me souffler dessus ?

Moi : (À Michael et Judith tandis qu'ils s'avançaient vers nous) Salut ! Depuis quand tu sais faire du patin, Michael ?

Michael : (Haussant les épaules) J'ai été dans l'équipe de hockey du lycée pendant plusieurs années.

Lilly : (Ricanant) Jusqu'à ce que tu décides que les sports de groupe étaient une perte de temps parce que le succès de l'équipe est dicté par la performance de tous les joueurs contrairement aux sports qui se déterminent par la performance individuelle, comme le tennis ou le golf.

Michael : La ferme, Lilly !

Judith : J'adore patiner ! Même si je ne suis pas très douée.

Ça, on peut le dire qu'elle n'est pas douée. Elle est même carrément nulle, à tel point que Michael a dû lui tenir les mains pendant qu'il patinait à l'envers devant elle, sinon elle s'étalait les quatre fers en l'air. Je ne sais pas ce qui m'a le plus étonnée : que Michael sache patiner à l'envers ou que ça ne l'embête pas de traîner Judith autour de la patinoire. Je ne suis peut-être pas capable de cloner des drosophiles mais, au moins, je peux rester debout sur des patins sans l'aide de personne.

En tout cas, cette façon de patiner à deux a dû plaire à Kenny, parce qu'il n'a pas arrêté de venir vers moi et de me tendre les mains pour faire comme Michael et Judith.

J'ai eu beau lui dire : « Ça va, Kenny, je peux me débrouiller toute seule », il a insisté et m'a répondu que ce n'était pas la question. Du coup, comme ça faisait une demi-heure qu'il me harcelait, j'ai fini par renoncer et je l'ai laissé me tenir les mains et patiner à l'envers devant moi.

Sauf que Kenny ne sait pas vraiment patiner à l'envers. Et si moi je ne suis pas trop maladroite, quand quelqu'un se met devant moi et qu'en plus il ne tient pas sur ses jambes, je ne peux pas l'éviter s'il tombe.

Ce qui s'est passé. Kenny est tombé et je n'ai pas réussi à m'arrêter à temps. Résultat, je suis tombée sur lui, mon menton a heurté son genou, je me suis mordu la langue, j'ai eu plein de sang dans la bouche, et comme je ne voulais pas l'avaler, j'ai tout recraché. Seulement voilà, c'est sur le jean de Kenny que j'ai craché, et sur la glace aussi. À mon avis, ça a dû pas mal impressionner les touristes autour de la patinoire, qui prenaient des photos de leur famille devant l'arbre de Noël du Rockefeller

Center, parce que, à la place, ils se sont tous mis à prendre des photos de la fille qui crachait du sang partout. Peut-être qu'ils ont pensé que ça faisait très « New York ».

Lars est arrivé comme une flèche – rien qu'à sa façon de patiner, ça se voit qu'il vient d'un pays nordique ; quand je pense qu'il a suivi son entraînement de garde du corps en plein désert de Gobi, il a dû halluciner –, il m'a aidée à me relever, a regardé ma langue, m'a donné son mouchoir en me disant de le maintenir sur la blessure puis a décrété que j'avais assez patiné pour la soirée.

Et voilà. J'ai un pansement au bout de la langue et ça me fait super mal quand je parle. Mais ce n'est rien comparé à l'humiliation que j'ai endurée devant les milliers de touristes, sans parler de mes amis et, pire, de Judith Gershner qui, paraît-il, a été acceptée sur dossier à Columbia (super, la même université que Michael) et qui m'a conseillé d'aller à l'hôpital parce que d'après elle j'aurais besoin de points de suture. Sur la *langue.* « Quelle chance que tu n'en aies pas avalé un bout ! » a-t-elle ajouté.

Ça, on peut le dire !

Et c'est même une sacrée chance. Parce que pendant que je suis dans mon lit en train d'écrire, avec pour seule compagnie Fat Louie, mon chat de onze kilos (autant regarder la vérité en face : Fat Louie m'aime parce que je suis la seule ici à le nourrir), le garçon dont je suis amoureuse depuis toujours se trouve quelque part dans New York avec une fille qui sait cloner des drosophiles et qui peut vous dire si vous avez ou non besoin de points de suture.

Cela dit, j'ai gagné au moins une chose : si Kenny envisageait de passer au baiser avec la langue, il va devoir attendre. D'après le Dr Fung – que ma mère a appelé dès que Lars m'a ramenée –, il faut compter entre trois et dix jours avant que la plaie cicatrise.

Youpi !

Les dix choses que je déteste pendant la période des vacances à New York :

1. Les touristes qui débarquent en 4 × 4 et qui essaient de vous écraser aux passages pour piétons, persuadés qu'ils conduisent comme de vrais New-Yorkais quand, en réalité, ils conduisent comme des pieds. Sans parler du fait que la ville est assez polluée comme ça. Ils ne pourraient pas prendre les transports en commun, comme tout le monde ?

2. Le stupide arbre de Noël du stupide Rockefeller Center. Étant donné que dans la presse, on m'appelle « La princesse de New York », les organisateurs du centre m'ont demandé d'inaugurer leur arbre

cette année – opération qui consiste à appuyer sur un bouton qui allume les guirlandes –, mais quand je leur ai fait remarquer que couper un arbre contribuait à la destruction de la couche d'ozone, ils ont annulé leur proposition et ont demandé à la place à un sapeur-pompier qui avait sauvé toute une famille du Bronx d'un incendie provoqué par une explosion de gaz.

3. Ces stupides chants de Noël qu'on entend dans toutes les boutiques.

4. La stupide patinoire du stupide Rockefeller Center et les stupides garçons qui pensent savoir patiner à l'envers quand, en fait, ils ne savent pas.

5. L'obligation d'acheter de stupides cadeaux « mais qui viennent du cœur » à toutes les personnes qu'on connaît.

6. Les évaluations de décembre au lycée.

7. Le temps pourri. Il ne neige pas, il pleut et en plus, il fait un froid de canard. Qu'est-il arrivé aux blancs Noëls d'antan ? Je vous le dis tout net : c'est le réchauffement de la planète. Et vous savez pourquoi ? Parce que les gens continuent de rouler en 4 × 4 et de couper des arbres !

8. Ces stupides émissions « Spécial Noël » qui passent à la télé.

9. Ces stupides publicités mensongères « Spécial Noël » qui passent à la télé.

10. La tradition du gui. À mon avis, on devrait la bannir. Chez les adolescents d'aujourd'hui, c'est devenu un prétexte, qui plus est socialement approuvé, pour embrasser ou se faire embrasser. Moi, je dis que c'est du harcèlement sexuel.

Dimanche 7 décembre, dans la soirée

Je rentre du *Plaza* où Grand-Mère m'a obligée à venir dîner. J'ai tout fait pourtant pour ne pas y aller – je lui ai même rappelé que j'avais la langue perforée –, mais elle n'a rien voulu entendre.

Et ce dîner était pire que les autres, parce que Grand-Mère a tenu à revoir avec moi le programme de ma visite à Genovia. Elle devrait se dérouler à peu près comme ça :

Dimanche 21 décembre

15 h 00

Arrivée à Genovia.

15 h 30 - 17 h 00

Rencontre avec le personnel du palais.

17 h 00 - 19 h 00

Visite du palais.

19 h 00 - 20 h 00
Changement de tenue pour dîner.
20 h 00 - 23 h 00
Dîner avec les dignitaires de Genovia.

Lundi 22 décembre
8 h 00 - 9 h 30
Petit déjeuner avec les officiels de Genovia.
10 h 00 - 11 h 30
Visite des écoles de Genovia.
12 h 00 - 13 h 00
Rencontre avec les écoliers de Genovia.
13 h 30 - 15 h 00
Déjeuner avec les membres de l'Association des professeurs de Genovia.
15 h 30 - 16 h 30
Visite du port de Genovia et du croiseur, le *Prince Philippe*.
17 h 00 - 18 h 00
Visite de l'hôpital général de Genovia.
18 h 00 - 19 h 00
Rencontre avec les malades de l'hôpital.
19 h 00 - 20 h 00
Changement de tenue pour dîner.
20 h 00 - 23 h 00
Dîner avec la princesse douairière, le prince et les conseillers militaires de Genovia.

Mardi 23 décembre

8 h 00 - 9 h 00

Petit déjeuner avec les membres de l'Association des producteurs d'olives de Genovia.

10 h 00 - 11 h 00

Cérémonie de l'arbre de Noël, dans la cour du palais.

11 h 30 – 13 h 00

Rencontre avec la Société historique de Genovia.

13 h 00 - 15 h 00

Déjeuner avec l'Office de tourisme de Genovia.

15 h 30 – 17 h 30

Visite du musée d'Art national de Genovia.

18 h 00 - 19 h 00

Visite du mémorial des vétérans de la Seconde Guerre mondiale, avec fleurs à déposer sur la tombe du Soldat inconnu.

19 h 30 – 20 h 30

Changement de tenue pour dîner.

20 h 30 – 23 h 30

Dîner avec la famille royale de Monaco.

Etc., etc.

Je termine en apparaissant au côté de mon père pour son allocution annuelle à la télévision au cours de laquelle il me présentera au peuple de Genovia.

Je suis ensuite censée faire un discours où je dois dire à quel point je suis heureuse d'être l'héritière de papa et promettre d'essayer de faire aussi bien que lui.

Nerveuse ? Moi ? À l'idée de passer à la télé et de promettre à 50 000 personnes que je ne les laisserai pas tomber ?

Non. Bien sûr que je ne suis pas nerveuse.

J'ai juste envie de vomir chaque fois que j'y pense.

Attention. Je ne suis pas en train de dire que j'envisageais ce voyage à Genovia comme un week-end à Disneyland, mais quand même. Ils auraient pu prévoir un peu de distractions. C'est vrai, quoi !

Mais, apparemment, on n'a pas le temps de se distraire à Genovia.

Bref, comme si revoir le programme de ma visite officielle ne suffisait pas, il a fallu en plus que je rencontre mon cousin Sebastiano.

Sebastiano est le fils de la fille de la sœur de mon grand-père. Ce qui fait de lui mon cousin au... énième degré. En même temps, il ne doit pas être aussi éloigné que ça, parce que, si je n'avais pas été là, c'est lui qui aurait hérité du trône.

Sérieux. Si mon père n'avait pas eu d'enfant, Sebastiano aurait été le futur prince de Genovia.

C'est peut-être pour ça que mon père frémit chaque fois qu'il le regarde.

À moins que ses sentiments pour Sebastiano ne soient les mêmes que les miens à l'égard de mon cousin Hank : je l'aime bien en théorie, mais dans la vie de tous les jours, il me gave un peu.

En tout cas, Sebastiano ne gave pas Grand-Mère. On peut même dire qu'elle l'adore.

Ce qui est assez bizarre, étant donné que j'ai toujours pensé que Grand-Mère était incapable d'aimer qui que ce soit. À l'exception de Rommel, son caniche nain.

Eh bien, non. Grand-Mère raffole de Sebastiano. Quand elle me l'a présenté et qu'il s'est incliné devant moi en faisant un moulinet du bras, puis qu'il a embrassé l'air au-dessus de ma main, elle s'est carrément pâmée sous son turban en soie rose. Je ne plaisante pas.

Je n'ai jamais vu Grand-Mère se pâmer. Foudroyer du regard, oui, et même plein de fois, mais se pâmer, jamais.

Ce qui explique peut-être pourquoi mon père s'est alors mis à mâchouiller le glaçon de son whisky-soda d'un air agacé. Dès qu'elle l'a vu faire, Grand-Mère a cessé de sourire et a dit : « Si tu tiens à mâchouiller ton glaçon, Philippe, tu peux aller dîner chez McDonald avec les prolétaires. »

Mon père a immédiatement cessé.

Pour en revenir à Sebastiano, j'ai fini par comprendre que Grand-Mère l'avait invité pour qu'il dessine la robe que je dois porter quand je passerai à la télé, au côté de mon père. Sebastiano est un styliste très à la mode – du moins d'après Grand-Mère. Elle dit que c'est important que Genovia soutienne ses artistes et ses créateurs, sinon, ils risquent de filer à New York ou, pire, à Los Angeles.

Ce qui est dommage pour Sebastiano, parce qu'il a tout du gars qui adorerait vivre à Los Angeles. Il a une trentaine d'années, un catogan, il est grand et s'habille de façon assez excentrique. Par exemple, ce soir, il portait une écharpe en soie blanche, une veste en velours bleue et un pantalon en cuir.

Bon. Je veux bien fermer les yeux sur son pantalon en cuir s'il me dessine une jolie robe. Une robe qui, si Michael Moscovitz me voyait par hasard dedans, ferait qu'il oublierait aussitôt Judith Gershner et ses drosophiles pour ne penser qu'à moi et rien qu'à moi, Mia Thermopolis.

Seulement voilà, il y a peu de chances pour que Michael me voie dans cette robe, puisque l'émission ne sera diffusée qu'à Genovia, et non pas sur C.N.N. ou une autre chaîne américaine.

Mais Sebastiano semble quand même prêt à relever le défi. Après dîner, il a sorti un stylo et a commencé à dessiner – sur la nappe ! – un modèle qui, selon lui, accentuerait ma taille fine et mes longues jambes.

Avant de poursuivre, il faut que je précise quelque chose sur Sebastiano. À l'inverse de mon père qui, bien qu'étant né et ayant grandi à Genovia, parle couramment anglais, Sebastiano, lui, n'a pas tout à fait compris, semble-t-il, le fonctionnement de notre langue. J'ai remarqué qu'il lui arrivait souvent d'oublier les syllabes suivantes de certains mots. Par exemple, *fine* devient « fi », *café* « caf », et quand il dit que quelque chose est *magique*, chez lui, ça fait « mage ». Même les *concombres* ont subi le même sort. Du coup, quand il m'a demandé de lui passer les « concon », j'ai dû pratiquement mordre ma serviette pour ne pas éclater de rire.

Peine perdue. Grand-Mère m'a vue et a dit en fronçant ses sourcils dessinés au crayon : « Amelia, pourrais-tu avoir la gentillesse de ne pas te moquer de la façon de parler des autres, s'il te plaît ? On ne peut pas dire que la tienne soit parfaite. »

Ce qui est sans doute vrai, étant donné qu'avec ma langue toute gonflée, je ne peux plus prononcer les mots commençant par *s*.

En tout cas, Grand-Mère ne trouve rien à redire quand Sebastiano emploie le mot « concon » à table ou quand il dessine sur la nappe. Elle a examiné son croquis et s'est exclamée : « Extraordinaire ! Tout simplement extraordinaire. Comme d'habitude. »

Personnellement, je ne vois pas ce que sa robe avait d'extraordinaire. Elle ressemble à une robe normale et ça m'étonnerait qu'elle fasse oublier le fait que je suis incapable de cloner des drosophiles.

C'est pourquoi je me suis permis de dire : « Euh... Elle ne pourrait pas être un peu plus... Je ne sais pas... sexy ? »

Grand-Mère et Sebastiano se sont regardés et Grand-Mère a répété : « Sexy ? » en éclatant d'un rire diabolique. Puis elle a ajouté : « Et comment veux-tu t'y prendre ? En accentuant le décolleté, peut-être. Ma pauvre fille, mais tu n'as rien à montrer ! »

Une minute. Je suis prête à entendre ce genre de remarque de la part des pom-pom girls du lycée, chez qui se moquer des autres – notamment de moi – est devenu un sport national. Mais quelle femme dirait ça à son unique petite-fille ? Moi, je parlais d'une fente sur le côté ou d'un peu de dentelle. Je ne pensais pas à un truc à la Jennifer Lopez.

Pourquoi faut-il que ma grand-mère s'épile les sourcils et prenne un malin plaisir à se moquer de mes anomalies ? Pourquoi est-ce que je ne peux pas avoir une grand-mère normale qui me préparerait des crèmes brûlées et vanterait mes qualités auprès de ses copines de bridge ?

Comme elle continuait de rire avec Sebastiano, mon père s'est levé de table et a annoncé qu'il avait un coup de fil à passer. O.K. Je suppose que c'est chacun pour soi en ce qui concerne Grand-Mère, mais il aurait pu me soutenir pour une fois, non ?

En attendant, peut-être parce que je me sentais bizarre à cause de cet énorme trou dans ma langue (en plus, le coton hypoallergénique qu'on m'a mis n'est même pas beau, du coup, je ne peux pas faire comme si c'était un piercing), je suis restée assise à écouter Grand-Mère et Sebastiano se lamenter sur le fait que je ne pourrais jamais porter de robe bustier, à moins qu'un miracle ne se produise et qu'un jour je me réveille en faisant non plus du 75 A mais du 90 B. Et puis, je n'arrêtais pas de me dire que Sebastiano n'était peut-être pas venu à New York pour me dessiner une robe, mais pour me tuer afin de monter sur le trône de Genovia à ma place.

Je ne rigole pas. Ce genre de chose arrive tout le temps dans *Alerte à Malibu*. Vous n'imaginez pas le nombre de têtes couronnées que Mitch a dû sauver d'un complot.

Supposons par exemple que, le jour de ma présentation au peuple de Genovia, je porte la robe que Sebastiano m'a dessinée et qu'elle me serre tellement que je meure étouffée, un peu comme Blanche-Neige avec son corset dans la version originale des frères Grimm. Vous savez, cette partie que Walt Disney a coupée parce qu'il la trouvait trop *gore.*

Bref, si je meurs à cause de cette robe et qu'à mon enterrement Michael comprenne en me voyant dans mon cercueil, pâle et majestueuse, qu'il m'aime depuis toujours, qu'est-ce qui se passera ? Il faudra qu'il casse avec Judith Gershner.

Et alors ? Ça peut arriver ?

Bon d'accord, c'est peu probable, mais je préférais penser à ça plutôt qu'écouter Grand-Mère et Sebastiano parler de moi comme si je n'étais pas là. À un moment, j'ai tout de même été dérangée dans ma petite rêverie – Michael me pleurant pendant le restant de sa vie –, par une réflexion de Sebastiano qui disait : « Elle a une *sil int* », ce qui m'est apparu, une fois que j'ai compris que « elle » c'était moi, comme un compliment sur ma sil-houette intéressante.

Sauf que juste après, quand il a ajouté : « Je sais comment la *maque* pour qu'elle ait l'air d'un *manne* », j'en ai déduit que ce n'était pas du tout un compliment, puisque apparemment, Sebastiano estimait que, sans maqu-illage, je n'avais rien d'un mannequin (merci, je le savais).

Évidemment, Grand-Mère n'a pas cherché à me défendre. Elle était occupée à fourrer des petits morceaux de bœuf bourguignon dans la gueule de Rommel qui, depuis qu'il a perdu tous ses poils à cause d'une allergie canine, a tellement froid qu'il tremble tout le temps.

« Son père n'acceptera jamais ! s'est exclamée Grand-Mère. Philippe est tellement vieux jeu. »

Ça, c'est la meilleure ! Parce que si mon père est vieux jeu, qu'est-ce qu'elle est, elle ? Je tiens quand même à rappeler que Grand-Mère fait partie des gens qui pensent encore que les chats profitent du sommeil de leur maître pour les étouffer. Pas étonnant qu'elle m'ait demandé plein de fois de me débarrasser de Fat Louie.

Bref, pendant que Grand-Mère expliquait à Sebastiano à quel point mon père n'était pas dans le coup, je me suis levée de table et je suis allée le rejoindre sur la terrasse.

Il était en train d'écouter ses messages sur son portable. Il doit jouer au tennis demain avec le Premier ministre français, qui est à New York pour le même sommet que l'empereur du Japon.

Dès que mon père m'a vue, il a dit : « Mia, qu'est-ce que tu fais ici ? Rentre, tu vas attraper froid.

— Pas tout de suite », ai-je répondu, et je suis restée à côté de lui à admirer la ville. La vue de

Manhattan est assez grandiose depuis le toit du *Plaza*. Quand on regarde toutes ces lumières derrière toutes ces fenêtres et qu'on se dit que, pour chacune de ces lumières, il y a au moins une personne, peut-être même dix, peut-être même plus, ça fait rêver.

J'ai toujours vécu à Manhattan et, pourtant, je ne m'en suis toujours pas lassée.

J'ai regardé encore un moment et, tout à coup, je me suis dit que l'une de ces lumières appartenait probablement à Judith Gershner. Judith devait même être dans sa chambre en train de cloner quelque chose. Un pigeon ou que sais-je encore. Et je l'ai revue se pencher vers moi pendant que je crachais tout mon sang.

À votre avis, qui choisiriez-vous ? Une fille qui sait cloner des tas de trucs ou une fille qui se mord la langue ?

À ce moment-là, mon père a dû remarquer que j'avais l'air soucieux parce qu'il m'a dit : « Écoute, je sais que Sebastiano en fait un peu trop, mais essaie de le supporter pendant les deux semaines à venir. Fais-le pour moi, s'il te plaît.

— Je ne pensais pas à Sebastiano », ai-je répondu tristement.

Mon père a émis une espèce de grognement, sans manifester pour autant la moindre intention de rentrer, même s'il faisait 4° et qu'il est complètement chauve. Je voyais bien que le bout de ses oreilles était tout rouge à cause du froid. En plus, il n'avait pas pris son manteau avant de sortir et portait juste son éternel costume gris charbon de chez Armani.

J'en ai donc conclu que son râle était une invitation à poursuivre. D'ordinaire, mon père n'est pas la première personne que je vais voir quand j'ai un problème. Je ne dis pas qu'on n'est pas proches. C'est juste que... c'est un homme.

D'un autre côté, comme il a une longue expérience dans le domaine de l'amour, j'ai pensé qu'il pourrait peut-être me donner un ou deux tuyaux pour sortir de mon terrible dilemme.

Du coup, je lui ai demandé : « Papa, qu'est-ce que tu ferais si tu aimais quelqu'un qui ne sait pas que tu l'aimes ?

— Si Kenny n'a pas encore compris que tu l'aimais, j'ai bien peur qu'il ne le comprenne jamais, m'a-t-il répondu. Est-ce que tu ne sors pas avec lui depuis Halloween ? »

Voilà ce qui se passe quand on a un garde du corps qui est payé par son père : il lui raconte tout.

« Je ne parle pas de Kenny, papa. Mais de quelqu'un d'autre. Seulement, comme je te l'ai expliqué, il ne sait pas que je l'aime.

— Qu'est-ce qui ne va pas avec Kenny ? a voulu savoir mon père. C'est un gentil garçon. »

Bien sûr que mon père apprécie Kenny. Quel père n'apprécierait pas que sa fille sorte avec un garçon comme Kenny, vu qu'il y a peu de chances pour que ça aille très loin.

Mais si mon père tient à ce que le trône de Genovia reste aux mains des Renaldo et ne soit pas récupéré par Sebastiano, il a intérêt à ce que l'histoire avec Kenny s'arrête vite, parce que ça m'étonnerait que Kenny et moi, on ait un jour des enfants ensemble. Du moins, dans cette vie.

« Papa, ai-je repris, laisse tomber Kenny, d'accord ? Kenny et moi, on est juste copains. Je te parlais de quelqu'un d'autre. »

Mon père était alors penché par-dessus la balustrade, comme s'il avait l'intention de cracher. Non que ce soit son genre. De cracher, je veux dire. C'est juste qu'il donnait l'impression de s'apprêter à le faire.

« Est-ce que je le connais ? » m'a-t-il demandé.

J'ai hésité. Je n'avais jamais avoué à qui ce que soit mes sentiments pour Michael. Sérieux. À personne. De toute façon, à qui aurais-je pu en parler ? Lilly se serait moquée de moi, pire, elle l'aurait répété à Michael. Quant à ma mère, elle a suffisamment de problèmes comme ça.

Du coup, j'ai sorti à toute vitesse, histoire de ne pas avoir le temps de le regretter : « C'est le frère de Lilly. »

Mon père a froncé les sourcils et a dit : « Il n'est pas à l'université ?

— Pas encore, ai-je répondu. Il y entre à l'automne prochain. »

Comme mon père ne paraissait pas rassuré, j'ai ajouté : « Ne t'inquiète pas, papa. Je n'ai aucune chance. Michael est très intelligent. Jamais il ne tomberait amoureux de moi. »

Mon père m'a regardée d'un air choqué. On aurait dit qu'il ne savait pas s'il devait être inquiet que sa fille soit amoureuse d'un garçon qui entre à l'université à l'automne prochain, ou en colère que ce garçon n'apprécie pas sa fille.

« Que veux-tu dire par "jamais il ne tomberait amoureux de toi" ? m'a-t-il demandé. Et pourquoi pas ? »

J'ai haussé les épaules et j'ai dit : « Voyons, papa. Est-ce que tu aurais oublié que je suis nulle en maths ? Michael a été accepté sur dossier à Columbia. Qu'est-ce que tu veux qu'il fasse d'une fille comme moi ? »

Mon père s'est frotté le menton. Il semblait embêté. « Tu tiens sans doute de ta mère pour ce qui concerne tes capacités en mathématiques, a-t-il affirmé, mais tu tiens de moi pour tout le reste. »

Première nouvelle. J'ai redressé les épaules, j'ai essayé de m'en convaincre et j'ai répondu : « Si tu le dis.

— Nous ne sommes pas dénués d'intelligence, toi et moi, a-t-il continué. Si tu veux ce garçon, tu dois le lui faire savoir.

— Tu penses que je devrais aller le voir et lui dire : "Hé, tu sais que je t'aime." »

Mon père a secoué la tête et a rétorqué : « Non, non. Il faut que tu sois plus subtile. Que tu lui dises tes sentiments en les lui *montrant.*

— Oh », ai-je fait. Je tiens peut-être de mon père pour tout sauf pour les mathématiques, mais je ne comprenais rien à ce qu'il racontait.

Puis il a déclaré : « On ferait mieux de rentrer, Mia. Sinon ta grand-mère va penser qu'on complote contre elle. »

Et alors ? Grand-Mère pense toujours que les gens complotent contre elle. Par exemple, elle est persuadée que le personnel qui s'occupe du linge, au *Plaza*, utilise exprès un savon qui fait perdre ses poils à Rommel.

« À propos de complot, ai-je dit, tu crois que Sebastiano cherche à me tuer pour monter sur le trône à ma place ? »

J'ai cru que mon père allait s'étrangler tellement il se retenait pour ne pas rire. Je suppose qu'un prince ne rit pas de ce genre de remarque.

« Non, Mia, m'a-t-il répondu. Je ne crois pas. »

Si vous voulez mon avis, mon père n'a pas beaucoup d'imagination. C'est pourquoi j'ai décidé de rester sur mes gardes en ce qui concerne Sebastiano.

Au cas où.

Ma mère vient de frapper à la porte de ma chambre pour me dire que Kenny était au bout du fil.

Je parie qu'il va me proposer de l'accompagner au bal. Il était temps.

Dimanche 7 décembre, 11 heures du soir

Je suis encore sous le choc. Kenny ne m'a PAS proposé d'aller au bal.

Voici comment s'est déroulée notre conversation :

Moi : Allô ?

Kenny : Salut, Mia. C'est Kenny.

Moi : Oh, salut, Kenny. Qu'est-ce qu'il y a ?

Je lui ai posé la question parce qu'il avait l'air bizarre.

Kenny : Je voulais juste savoir si tu allais bien et si tu avais moins mal à la langue.
Moi : Oui, ça va mieux.
Kenny : Tu sais, je me suis vraiment fait du souci. Je ne voulais pas...
Moi : Je sais, Kenny. C'était un accident.

À ce moment-là, j'ai compris que je n'avais pas posé la bonne question à mon père. J'aurais dû lui demander comment casser avec un garçon et non pas comment faire comprendre à un garçon qu'on l'aime.

Bref, Kenny m'a dit après :

Kenny : J'ai eu envie de t'appeler pour te souhaiter une bonne nuit et prendre de tes nouvelles. Et puis... je voulais te dire aussi que... que je t'aime, Mia.
Moi : ...

Je n'ai rien répondu parce que ce que venait de me dire Kenny m'a trop fait flipper !!!

D'accord, ce n'était pas non plus complètement délirant. On sort ensemble, après tout. Mais quel genre de garçon appelle une fille pour lui dire qu'il l'aime à part les psychopathes qui suivent et harcèlent les gens au téléphone ? Kenny n'est pas un psychopathe. Il est juste... Kenny. Pourquoi alors m'appelle-t-il pour me dire qu'il m'aime ???

Quant à moi, j'ai été brillante, mais alors tout simplement brillante. Vous savez ce que j'ai répondu ? J'ai répondu : « Euh, O.K. »

Un garçon me dit qu'il m'aime et tout ce que je trouve à dire, c'est : « Euh, O.K. » Heureusement que je suis censée devenir une diplomate professionnelle !

Pauvre Kenny, quand j'y pense. Il s'attendait sans doute à tout sauf à ça.

Et comme j'étais incapable de développer ma pensée, j'ai ajouté : « Eh bien, à demain. »

ET JE LUI AI RACCROCHÉ AU NEZ !!!!!

Je suis la fille la plus ingrate sur terre.

Quand Sebastiano m'aura tuée, j'irai droit en enfer.

À faire avant de partir pour Genovia :

Liste détaillée pour expliquer à maman et à Mr. G. comment s'occuper de Fat Louie.

Acheter litière et boîtes pour chat d'avance.

Cadeaux de Noël et de Hanouka.

Maman : un tire-lait électrique ? Se renseigner.

Mr. G. : des baguettes pour sa batterie.

Papa : un livre de recettes de cuisine végétarienne. Il faut qu'il fasse attention à ce qu'il mange s'il veut éviter que son cancer récidive.

Lilly : comme d'habitude, des cassettes vierges pour son émission.

Lars : voir si Prada fait des étuis de revolver dans lesquels il pourrait ranger son Glock.

Kenny : une paire de gants ? En tout cas, un cadeau qui n'a RIEN de romantique.

Grand-Mère : qu'est-ce qu'on peut offrir à une femme qui a tout, y compris un pendentif avec un saphir de 89 carats que lui a offert le sultan du Brunei ? Du savon ?

Casser avec Kenny. Mais comment ? IL M'AIME.

Pas assez cependant pour me proposer d'aller au bal avec lui.

Lundi 8 décembre, en perm

Lilly ne croit pas que Kenny m'a appelée pour me dire qu'il m'aimait. Je lui ai raconté notre conversation, ce matin dans la voiture avant d'arriver à l'école. (Heureusement que Michael avait rendez-vous chez le dentiste. Je préférerais mourir que de parler de ma vie amoureuse en sa présence. Déjà que ce n'est pas évident en présence de mon garde du corps. Si j'avais dû en parler devant la personne que je vénère depuis la moitié de ma vie, je crois bien que j'aurais pété les plombs.)

Bref, Lilly a dit : « Je refuse de croire que Kenny a fait un truc pareil. »

J'ai baissé la voix pour que le chauffeur ne m'entende pas et j'ai répété : « Je te le jure, Lilly. Il m'a dit qu'il m'aimait. *Je t'aime.* C'est ce qu'il a dit.

— Il a probablement dit autre chose et tu as mal entendu, a insisté Lilly.

— C'est ça, oui. Comme *je sème*, peut-être ? »

Lilly a haussé les épaules et a répondu : « Bien sûr que non. En plus, ça n'a même pas de sens.

— Qu'est-ce qu'il a dit alors à ton avis, qui sonne comme *Je t'aime* mais qui n'est pas *Je t'aime ?* » lui ai-je demandé.

Lilly s'est énervée à ce moment-là et s'est exclamée : « Excuse-moi, Mia, mais je trouve que tu n'es pas très claire avec Kenny depuis quelque temps. En fait, depuis que vous sortez ensemble. Je ne te comprends pas. Tu n'arrêtais pas de dire avant : "Pourquoi je n'ai pas de petit ami ?", "Comment se fait-il que toutes les filles que je connais sortent avec un garçon et pas moi ?", "Quand est-ce que j'aurai un petit copain ?" Et maintenant que tu en as un, tu ne l'apprécies même pas ! »

Même si ce que venait de dire Lilly était vrai, j'ai fait mine d'être vexée. Après tout, personne n'est censé savoir que je n'aime pas Kenny.

Du coup, j'ai répliqué : « C'est absolument faux ! »

Lilly m'a regardée et a dit : « Ah oui ? Tu sais quoi, Mia ? Je pense que tu n'es pas prête à sortir avec un garçon. »

J'ai vu rouge et j'ai explosé : « *Quoi ?* Je ne suis pas prête à sortir avec un garçon ? Tu plaisantes, j'espère ? J'attends ça depuis toute ma vie ! »

Lilly a pris un air supérieur et a rétorqué : « Si c'est vrai, comment se fait-il alors que tu ne laisses pas Kenny t'embrasser sur la bouche ?

— Qui t'a raconté ça ? ai-je demandé.

— Boris. C'est Kenny qui le lui a dit », a répondu Lilly.

J'ai essayé de rester calme et j'ai fait : « Super ! Alors maintenant, nos petits copains parlent derrière notre dos. Et tu es d'accord ?

— Bien sûr que non ! s'est emportée Lilly. Sauf que je trouve ton attitude bizarre d'un point de vue psychologique. »

C'est le problème quand on est amie avec quelqu'un dont les parents sont psychanalystes. Tout ce qu'on fait n'a d'intérêt à leurs yeux que d'un point de vue psychologique.

« Que je me laisse embrasser ou pas, c'est *mes* oignons ! me suis-je écriée. Ce n'est ni les tiens, ni ceux de Boris.

— Très bien, a concédé Lilly. Mais si Kenny a dit ce que tu dis qu'il t'a dit – tu sais bien, le mot avec un grand A –, c'est peut-être parce qu'il ne peut pas t'exprimer la profondeur de ses sentiments autrement. C'est-à-dire autrement que *verbalement.* Puisque tu ne veux pas qu'il le fasse *physiquement.* »

En gros, je devrais remercier Kenny de m'avoir *dit* « Je t'aime » au lieu de me l'avoir fait comprendre physiquement, ce qui aurait nécessité la présence de sa langue dans ma bouche.

Vous savez quoi ?

Je n'ai même plus envie d'y penser.

Lundi 8 décembre, encore en perm

On vient de nous donner les dates des évaluations.

Evaluations de décembre

16 décembre
Maths et anglais

Super, le même jour. Mais bon, ça devrait aller, je ne me débrouille pas trop mal en anglais. Sauf en analyse logique. Comme si j'allais avoir besoin d'analyser des phrases quand je serai à la tête d'un tout petit pays d'Europe !

Pour les maths, c'est une autre affaire. En plus, il paraît qu'il vaut mieux s'y connaître en chiffres pour gouverner.

17 décembre

Histoire-géographie et E.P.S.

Grâce à Grand-Mère, je n'ai pas de problème en histoire. Elle m'a suffisamment parlé de la Seconde Guerre mondiale pour que je sache répondre à toutes les questions. Il est même possible que j'en sache plus que le prof. Mais E.P.S. ? Depuis quand on fait passer des évaluations en E.P.S. ?

18 décembre

Français et biologie

Ça devrait aller aussi en français. Je suis plutôt bonne à l'oral. À l'écrit, ce n'est pas encore ça. Heureusement, Tina est dans la même classe que moi. On pourra réviser ensemble.

En biologie, en revanche, c'est la cata. Si je n'ai pas encore été renvoyée du cours, c'est grâce à Kenny. Il me donne toutes les réponses.

Du coup, si je casse avec lui, fini les bonnes notes.

19 décembre

Kermesse et bal laïque

La kermesse devrait être sympa. Tous les clubs et tous les ateliers du lycée doivent tenir des stands et proposer des jeux ou des spécialités hivernales, comme le cidre chaud. Le bal aura lieu après, dans la soirée. Je suis censée y aller avec Kenny. C'est-à-dire... s'il me propose de l'accompagner.

À moins, bien sûr, que je fasse ce que je dois faire, à savoir rompre.

Dans ce cas, je ne pourrai plus aller au bal, puisque je n'aurai plus de cavalier.

Ma vie serait tellement plus simple si Sebastiano m'avait déjà éliminée.

Lundi 8 décembre, pendant le cours de maths

POURQUOI ????? POURQUOI est-ce que j'oublie tout le temps mon cahier de maths ?????

Indiquer les exposants.

Multiplier puis diviser, de gauche à droite.

Pratiquer la soustraction puis l'addition, de gauche à droite.

Exemple : 2 × 3 – 15 : 5 = 6 – 3 = 3

Lana Weinberger vient de me faire passer un petit mot.

Qu'est-ce qu'elle a bien pu trouver encore ? Je me méfie. Lana me déteste. Ne me demandez pas pourquoi. À la limite, je comprends qu'elle m'en ait voulu quand Josh Richter m'a proposé de l'accompagner au dernier bal du lycée, mais ils se sont remis ensemble depuis, et Josh l'avait fait uniquement à cause de cette histoire de princesse. De toute façon, Lana me détestait bien avant de sortir avec Josh.

J'ai déplié le papier. Voilà ce qu'il y avait écrit :

J'ai appris ce qui t'était arrivé à la patinoire ce week-end. Je suppose que K. va devoir encore attendre avant de passer à l'opération "pelle", non ?

Je n'y crois pas. Est-ce que tout le monde au bahut sait que Kenny et moi, on ne s'est encore jamais embrassés avec la langue ?

Tout ça, c'est la faute de Kenny.

Ça sera quoi, la prochaine fois ? La une du *Post* ?

Je vous le dis tout net : si les parents savaient ce qui se passe dans un lycée américain de base ils opteraient pour les cours par correspondance.

Lundi 8 décembre, pendant le cours d'histoire

Je sais ce que je dois faire.

En vérité, je l'ai toujours su, et s'il n'y avait pas le bal, je l'aurais fait depuis longtemps.

Mais c'est clair que je ne peux plus attendre que le bal soit passé. Plus maintenant, en tout cas. J'aurais dû le faire hier soir, quand il m'a appelée, sauf que ce n'est pas évident au téléphone. Peut-être que ça ne poserait pas de problèmes à une fille comme Lana Weinberger, mais à moi, ça en pose.

Quoi qu'il en soit, je ne peux pas attendre un jour de plus. Je ne peux pas continuer à vivre avec ce mensonge.

Je dois casser avec Kenny.

Heureusement, Tina Hakim Baba me soutient.

Je ne voulais pas lui en parler. À vrai dire, je ne voulais en parler à personne. Mais c'est sorti tout seul, quand on était aux toilettes, Tina et moi, et qu'elle se maquillait. Son père ne veut pas qu'elle se maquille. Du coup, elle est obligée d'attendre d'être au bahut. Elle a conclu un marché avec Wahim, son garde du corps : elle ne dit pas à ses parents que Wahim flirte avec Mlle Klein, la prof de français, si Wahim ne leur parle pas de ses fards à paupières ni de ses rouges à lèvres.

Bref, à un moment, je n'en pouvais plus et j'ai fini par raconter à Tina ce que Kenny m'avait dit hier soir au téléphone.

Malheureusement, je ne lui ai pas raconté que ça.

Mais d'abord, on a parlé du coup de fil de Kenny.

À l'inverse de Lilly, Tina m'a crue. Sauf qu'elle n'a pas réagi comme je l'espérais. Elle a trouvé que c'était génial. Elle n'arrêtait pas de s'exclamer : « Oh, Mia ! Comme tu as de la chance ! Si seulement Dave pouvait me le dire ! Je sais bien qu'il est très attaché à moi, mais sa conception de l'amour consiste à me payer mes frites géantes au McDo. »

J'avoue que je m'attendais à tout sauf à ça. C'est vrai, quoi, je pensais qu'avec ses lectures romantiques, Tina comprendrait.

« Le problème, Tina, c'est que je ne l'aime pas », lui ai-je confié.

Tina a écarquillé les yeux et s'est exclamée : « Tu ne l'aimes pas ?!

— Non, ai-je répondu pitoyablement. C'est-à-dire que je l'aime bien comme copain, mais je ne suis pas amoureuse. De lui, du moins. »

Tina m'a attrapé les mains et a murmuré : « Il y a quelqu'un d'autre, c'est ça ? »

On n'avait plus que quelques minutes avant de rentrer en cours. Pourtant, c'est ce moment-là que j'ai choisi pour lui révéler mon secret. Je ne sais pas pourquoi. Peut-être parce que j'en avais déjà parlé à mon père. Du coup, ce n'était plus aussi difficile de le répéter, surtout à Tina. Et puis, je n'arrêtais pas de penser à ce que mon père m'avait dit, sur le fait de montrer mes sentiments au garçon que j'aime. J'étais sûre que Tina saurait m'aider.

J'ai hoché la tête.

Tina a failli renverser sa trousse de maquillage tellement elle était excitée.

« Je le savais ! s'est-elle écriée. Je savais que tu avais une bonne raison de ne pas te laisser embrasser ! »

Les bras m'en sont tombés.

« Toi aussi, tu es au courant ? » ai-je fait.

Tina a haussé les épaules et m'a raconté que Kenny en avait parlé à Dave qui lui en avait parlé.

De mieux en mieux ! Quand je pense que dans

tous les magazines féminins, on raconte que les hommes refoulent leurs émotions et détestent se confier ! À mon avis, Kenny s'est suffisamment confié récemment pour rattraper des siècles de réserve masculine.

Tout en rangeant sa trousse, Tina m'a demandé : « C'est qui, dis-moi, le garçon que tu aimes ?

— Peu importe son nom, ai-je répondu. En plus, ça ne marchera jamais. Il a déjà une petite copine. »

Tina a secoué la tête et ses épais cheveux noirs ont balayé son visage (il est un peu potelé, mais chez elle, ça fait joli). Puis elle m'a attrapée à nouveau par les mains, elle m'a regardée dans les yeux et a soufflé : « C'est Michael, hein ? »

Ma première idée a été de nier. En fait, j'avais même déjà ouvert la bouche, prête à répondre non et puis je me suis dit : après tout, pourquoi je ne lui raconterais pas la vérité ? Tina ne le répétera à personne. Et elle pourra m'aider.

Du coup, j'ai pris ma respiration et j'ai déclaré : « Si tu en parles à qui que ce soit, je te tue, tu as compris ? JE TE TUE. »

Tina a alors fait un truc bizarre. Elle m'a lâchée et s'est mise à sauter autour de moi en criant : « Je le savais ! Je le savais ! Je le savais ! Oh, Mia, j'ai toujours pensé que vous étiez faits l'un pour l'autre. Attention, j'aime bien Kenny, mais... » Elle a plissé le bout de son nez et a ajouté : « Ce n'est pas Michael. »

Si ça m'avait fait bizarre hier soir de confier à mon père que j'étais amoureuse de Michael, ce n'était rien – RIEN – comparé à ce que je ressentais après l'avoir dit à quelqu'un de mon âge. Que Tina n'éclate pas de rire, pire qu'elle ne réponde pas « Ben voyons » d'un air sarcastique, ça comptait bien plus pour moi que je l'aurais imaginé.

« Tina, tu penses vraiment que ce n'est pas stupide ? lui ai-je demandé.

— Bien sûr que non, m'a-t-elle assuré. Michael est *sexy*. Et il est en *terminale*. » Puis, elle a froncé les sourcils et a ajouté : « Qu'est-ce que tu vas faire avec Kenny ? Et Judith ? »

Je me suis alors tellement voûtée que Grand-Mère m'aurait donné une tape dans le dos si elle m'avait vue, et j'ai répondu : « Je ne sais pas. »

Tina s'est gratté la tête pendant quelques secondes, puis elle a fini par dire : « J'ai lu un livre qui raconte un peu la même histoire. Ça s'appelle *Écoute mon cœur*. À la fin... »

Malheureusement, elle n'a pas eu le temps de me la raconter. La cloche sonnait.

Mais ce n'est pas grave. Parce que maintenant, je ne suis plus toute seule à chercher une solution.

Lundi 8 décembre, pendant l'étude dirigée

Il s'est passé un truc horrible au self.

En même temps, vu que tout le monde ici semble savoir dans les moindres détails ce que j'ai fait récemment avec ma langue – ou plutôt pas fait –, je ne vois pas pourquoi je suis dans tous mes états. Pourtant, ce qui m'est arrivé est pire que tout ce que j'aurais pu redouter.

Tout ça, parce que j'ai croisé Michael devant les hors-d'œuvre. J'étais en train de me préparer mon assiette de petits pois et de haricots verts lorsque je l'ai vu se diriger vers les grillades (malgré tous mes efforts, les Moscovitz continuent de manger de la viande).

Je jure que je ne lui ai répondu que « Bien » quand il m'a demandé comment j'allais. En plus, Michael m'a posé la question seulement parce que, la dernière fois qu'il m'a vue, je crachais du sang. (Quelle image romantique ça devait être ! Franchement, j'ai de la chance d'avoir réussi à maintenir une apparence de dignité toutes les fois que je me suis trouvée en présence du garçon que j'aime.)

Bref, histoire d'être polie, je lui ai demandé à mon tour comment s'était passé son rendez-vous chez le dentiste.

Mais avant de poursuivre mon récit, je tiens à

préciser que ce qui est arrivé après n'est pas ma faute.

Michael m'a expliqué que le dentiste lui avait soigné une carie et qu'il avait la bouche encore anesthésiée à cause de la novocaïne. Étant donné qu'avec ma langue perforée je m'y connais maintenant en perte de sensibilité, je pouvais comprendre ce qu'il me racontait. Du coup, j'ai *regardé* sa bouche, chose que je n'avais jamais faite auparavant. Il y a des tas d'autres endroits du corps de Michael que j'ai déjà regardés (en particulier, quand il arrive dans la cuisine le matin sans haut de pyjama, comme il fait chaque fois que je dors chez les Moscovitz). Mais je n'avais jamais vraiment regardé sa bouche. Je veux dire, de près.

Il se trouve que Michael a une très jolie bouche, avec des lèvres charnues, pas comme moi. Je ne sais pas si on peut dire ça de la bouche d'un garçon, mais celle de Michael donne l'impression d'être douce à embrasser.

Bref, c'est pendant que je me faisais cette réflexion qu'il s'est produit cette chose affreuse : je regardais la bouche de Michael en me demandant si elle était douce à embrasser, pire, je ME VOYAIS en train de l'embrasser et je sentais une vague de chaleur en moi – exactement comme ce qu'ils décrivent dans les romans d'amour de Tina – quand Kenny est passé à côté de nous pour prendre ce qu'il prend tous les jours pour déjeuner : un Coca et une glace.

Je sais que Kenny n'est pas très doué pour lire dans mes pensées – sinon, il aurait déjà cassé avec moi depuis longtemps –, mais il a dû sentir que je n'étais pas dans mon état normal, ce qui explique pourquoi il n'a pas réagi quand on lui a dit « Salut », Michael et moi.

Bon, c'est vrai que je lui ai répondu « Euh, O.K. », après qu'il m'a dit « Je t'aime. »

En même temps, si mes joues étaient aussi en feu que le feu qui brûlait au fond de moi, il a dû voir qu'il se passait quelque chose. Et c'est pour *ça* qu'il n'a pas réagi. Parce que j'avais l'air coupable. En fait, *j'étais* coupable. Je regardais la bouche d'un garçon en me demandant comment ce serait de l'embrasser, et mon petit copain se trouvait juste à côté de moi.

Vous savez ce que j'aimerais ? J'aimerais que tout le monde *lise* dans mes pensées. Comme ça, Kenny ne m'aurait jamais demandé de sortir avec lui parce qu'il aurait su que j'aime un autre garçon. Et Lilly ne se serait pas moquée de moi en apprenant que je refuse d'être embrassée sur la bouche. Elle aurait compris pourquoi.

Le problème, c'est qu'elle aurait compris aussi qui j'aime.

Et celui que j'aime ne m'aurait plus jamais adressé la parole, parce que jamais un garçon de terminale ne sortirait avec une fille de seconde. Surtout quand la fille en question ne se déplace pas sans son garde du corps.

De toute façon, Michael sort déjà avec Judith Gershner. Sinon, il ne serait pas allé s'asseoir à côté d'elle pour déjeuner.

Conclusion : le problème est réglé.

Pourquoi je ne peux pas partir pour Genovia demain au lieu d'attendre encore deux semaines ?

Lundi 8 décembre, pendant le cours de français

Après ce qui est arrivé au self, je ne pensais pas que l'heure d'étude dirigée allait être aussi cool. En fait, c'était presque comme avant. Je veux dire, avant que tout le monde se mette à sortir avec tout le monde et qu'on s'intéresse autant à ce qui se passe dans ma bouche.

Mrs. Hill est allée dans la salle des profs, de l'autre côté du couloir, où on l'a entendue hurler au téléphone pour une histoire de carte bancaire. Ce qui fait qu'on s'est retrouvés libres de faire ce qu'on fait normalement pendant l'étude dirigée... à savoir, ce qu'on veut. Par exemple, ceux qui, comme Boris, veulent avancer sur l'un de leurs projets peuvent le faire (Boris travaille une nouvelle sonate sur son violon). Mais ceux qui, comme Lilly et moi, n'y tiennent pas particulièrement (je dois faire des maths et Lilly est censée se documenter pour son émission de télé) ne font rien.

Bref, c'était très cool parce que Lilly avait complètement oublié cette histoire de langue entre Kenny et moi tellement elle est folle de rage contre Mrs. Spears, la prof d'anglais, qui a descendu en flammes son dernier devoir.

Je dois dire que ce n'est pas très sympa de la part de Mrs. Spears. Personnellement, je trouve que le devoir de Lilly est super bien conçu et très original.

J'en ai fait une photocopie pour la coller dans mon journal :

Comment survivre au lycée
par Lilly Moscovitz

Étant depuis deux mois enfermée dans un établissement d'études secondaires communément appelé « lycée », j'estime que je suis hautement qualifiée pour parler de la vie des lycéens. Dans trois ans, je serai enfin libre de ne plus remettre les pieds dans ce bouge infâme et je publierai mon *Guide pour survivre au lycée*.

Tandis que mes camarades et mes professeurs vaquaient à leurs occupations quotidiennes, j'ai soigneusement noté toutes leurs activités afin que les générations futures découvrent ce qui les attend. Grâce à mon guide, le séjour de n'importe quel élève dans un lycée sera un peu plus fructueux qu'il l'est à présent. Les lycéens de demain apprendront que ce n'est pas par la violence qu'on règle ses problèmes avec ses pairs, mais par la vente d'un scénario critique – mettant en scène des personnages inspirés par ces mêmes individus qui les ont tourmentés pendant toute leur scolarité – à un studio de Hollywood. Cela seulement, et non un cocktail Molotov, est le chemin du succès.

Voici quelques exemples des sujets que j'aborderai dans mon guide. J'espère que vous trouverez du plaisir à les lire.

L'amour au lycée, ou *Comment ouvrir son casier* quand deux adolescents obsédés par le sexe sont appuyés contre la porte en train de se peloter.

Les menus du self : est-ce normal que les hot-dogs

aux épis de maïs figurent dans les aliments à base de viande ?

Comment communiquer avec les créatures moins qu'humaines qui peuplent les couloirs ?

Conseillers d'éducation : de qui se moque-t-on ?

Mieux tricher : l'art des billets d'absence.

Vous ne trouvez pas ça super, vous ? Voilà ce que Mrs. Spears a écrit en haut de la copie de Lilly :

Je suis désolée de découvrir que ton expérience à Albert-Einstein n'est pas plus positive. Aussi ai-je peur d'aggraver la situation en te demandant de trouver un autre sujet pour ton devoir. Je te mets A pour l'originalité, comme d'habitude.

Mrs. Spears

Vous y croyez, vous ? Bonjour la justice ! Le texte de Lilly a été censuré quand toute l'administration aurait dû se mettre à genoux en le lisant ! Lilly dit que c'est inadmissible d'être traitée de la sorte par les profs, vu le prix que nos parents paient pour qu'on soit à Albert-Einstein. Je lui ai fait remarquer qu'elle ne pouvait pas mettre Mr. Gianini dans le même panier. C'est vrai, quoi. Il reste à l'école tous les soirs, après ses cours, et aide gratuitement des élèves comme moi qui sont nuls en maths.

Lilly a répondu que Mr. Gianini s'était mis à donner des cours de soutien uniquement pour se faire bien voir de ma mère et que maintenant, il est obligé de continuer parce qu'il a peur qu'elle se rende compte que c'était un coup monté et qu'elle demande le divorce.

Je suis sûre que c'est faux. Mr. G. m'aurait fait travailler le soir après l'école même s'il n'était pas sorti avec ma mère. Ce n'est pas son genre d'agir comme ça.

Bref, la conclusion de toute cette histoire, c'est que Lilly a décidé de déclencher une nouvelle campagne. Personnellement, je suis pour, parce que ça lui occupera l'esprit et qu'elle ne pensera plus à me demander ce que je fais (ou ne fais pas) avec ma langue.

Voilà comment tout a commencé :

Lilly : Le vrai problème de cette école, ce n'est pas les profs. C'est l'apathie des élèves. Que se passerait-il, à ton avis, si on décidait tous de partir en signe de protestation.

Moi : De partir où ?

Lilly : De quitter l'école, tous en même temps.

Moi : Parce que Mrs. Spears t'a demandé de refaire ton devoir ?

Lilly : Non, Mia. Parce qu'elle cherche à nier notre individualité en nous imposant une forme de féodalité.

Moi : Ah. Et comment s'y prend-elle ?

Lilly : En censurant nos travaux quand nous sommes au maximum de notre fertilité du point de vue de la création.

Boris : (Passant la tête par la porte du placard où Lilly l'oblige à se mettre pour jouer du violon) Fertilité ? Quelqu'un a parlé de fertilité ?

Lilly : Retourne dans ton placard, Boris. Michael, est-ce que tu peux envoyer un mail collectif à tous les élèves d'Albert-Einstein pour leur annoncer qu'on sortira du lycée demain à 11 heures en signe de protestation ?

Michael : (Occupé à travailler sur le stand que Judith Gershner et tous les autres membres du Club informatique doivent tenir pour la kermesse) Je peux, mais je ne le ferai pas.

Lilly : ET POURQUOI ?

Michael : Parce que, hier soir, c'était ton tour de vider le lave-vaisselle et que j'ai dû le faire vu que tu n'étais pas à la maison !

Lilly : J'ai DIT à maman que je devais aller au

studio pour finir de monter mon émission de la semaine !

Heureusement, la cloche a sonné à ce moment-là, ce qui fait qu'aucune manifestation n'est prévue pour demain. Moi, ça m'arrange. Il faut que je révise.

C'est bizarre, finalement, que Mrs. Spears n'ait pas apprécié le devoir de Lilly, parce qu'elle a été emballée par le mien : *Arguments contre les arbres de Noël : Pourquoi nous devons en finir une bonne fois pour toutes avec ce rite païen qui consiste à abattre des sapins tous les ans en décembre, si on veut reconstituer la couche d'ozone.*

Et mon Q.I. est loin d'être aussi élevé que celui de Lilly.

Lundi 8 décembre,
pendant le cours de bio

Kenny vient de me faire passer le petit mot suivant :

Mia, j'espère que ce que je t'ai dit hier soir au téléphone ne t'a pas mise mal à l'aise. Je voulais juste que tu saches ce que je ressens.

Amitiés,

Kenny

Qu'est-ce que je dois faire ? Kenny est assis à côté de moi et il attend une réponse. À tous les coups, il pense que je suis en train de l'écrire. La réponse.

Et si j'en profitais pour casser ? Après tout, c'est l'occasion rêvée. *Je suis désolée, Kenny, mais je n'éprouve pas la même chose pour toi. Restons amis, si tu veux bien.* C'est ça que je dois lui écrire ?

Mais je ne veux pas lui faire de peine. Kenny est mon partenaire en biologie. Quoi qu'il arrive, je serai obligée de m'asseoir à la même paillasse que lui jusqu'à la fin du trimestre. Et je préfère avoir un partenaire en biologie qui m'aime plutôt qu'un qui me déteste.

Et le bal ? Si je casse maintenant, avec qui j'irai au bal ? Je sais que c'est horrible de penser ça, mais c'est le premier bal pour lequel j'ai déjà un cavalier.

Bon d'accord, s'il me propose de l'accompagner.

Et les évaluations en bio ? Jamais je n'y arriverai sans l'aide de Kenny. JAMAIS.

En même temps, après ce qui s'est passé au self, je n'ai pas trente-six solutions.

Bon, c'est décidé. Adieu le bal. Bonjour la soirée devant la télé.

Cher Kenny,

Sache que je pense à toi comme à un ami très cher. C'est juste que...

Lundi 8 décembre, 3 heures, pendant l'heure de soutien avec Mr. Gianini

O.K. La cloche a sonné avant que j'aie eu le temps de finir ma lettre pour Kenny.

Attention. Je ne suis pas en train de dire que je ne vais pas avouer la vérité à Kenny. Je vais le faire. Pas plus tard que ce soir. Tant pis si c'est cruel de dire ça au téléphone.

Je n'en peux plus.

Devoirs :

Maths : revoir chapitres I-III.
Anglais : devoir à rendre.
Histoire : revoir chapitres I-IV.
Français : revoir chapitres I-III.
Biologie : revoir chapitres I-V.

Mardi 9 décembre, en perm

Je n'ai pas rompu avec Kenny.

Pourtant, j'étais vraiment décidée à le faire.

Et ce n'est pas parce que je n'ai pas eu le courage de lui en parler au téléphone, non. C'est à cause d'un truc que Grand-Mère m'a dit. Oui, vous avez bien lu : Grand-Mère.

Ça s'est passé après mon cours de soutien, quand je suis allée les retrouver, Sebastiano et elle, au *Plaza*. Pendant que les larbins de Sebastiano prenaient mes mesures pour ma nouvelle robe, Grand-Mère m'a annoncé que dorénavant je ne porterais que des vêtements dessinés par des stylistes de Genovia. On est patriote ou on ne l'est pas, m'a-t-elle déclaré. À mon avis, ça va être difficile vu qu'il n'y a qu'un seul styliste à Genovia et que c'est Sebastiano. Et on ne peut pas dire qu'il donne dans le style jean.

Mais bon. J'avais d'autres soucis en tête que cette histoire de robe, ce que Grand-Mère a tout de suite remarqué car au moment où Sebastiano s'apprêtait à décrire la garniture de perles qu'il allait coudre à mon corsage, elle a hurlé : « Amelia, qu'est-ce que tu as, aujourd'hui ? »

J'ai sursauté en faisant un bond d'au moins un mètre et j'ai dit : « Quoi ? »

Grand-Mère a repris : « Sebastiano t'a demandé quel genre d'encolure tu préférais. En forme de cœur ou carrée ? »

J'ai levé les yeux vers elle d'un air ahuri et j'ai répondu : « Une encolure pour quoi ? »

Grand-Mère m'a foudroyée du regard puis elle s'est tournée vers Sebastiano, à qui elle a dit : « Sebastiano, pouvez-vous nous laisser seules un instant, la princesse et moi ? »

Sebastiano, qui portait un nouveau pantalon en cuir – de couleur tangerine, celui-là (c'est le nouveau gris, m'a-t-il expliqué ; et blanc, tenez-vous bien, c'est le nouveau noir) –, s'est incliné et a fait signe aux filles squelettiques qui prenaient mes mesures de le suivre dehors.

On était seules depuis deux secondes à peine que Grand-Mère a déclaré : « Manifestement, quelque chose te tracasse, Amelia. De quoi s'agit-il ? »

J'ai aussitôt piqué un fard. Je le sais parce que :

a) je le sentais,

b) je me voyais dans le miroir en pied qui se trouvait en face de moi.

« C'est rien », ai-je répondu.

Grand-Mère m'a observée en tirant une longue bouffée de sa cigarette (même si je l'ai priée de ne pas fumer en ma présence) et a rétorqué : « Ce n'est *pas* rien. Que se passe-t-il ? Des problèmes à la maison ? Ta mère et son professeur de mathématiques se disputent déjà ? Je dois avouer que je ne m'attendais pas à ce que ce mariage dure très longtemps. Ta mère est bien trop frivole. »

J'ai failli bondir. Grand-Mère rabaisse toujours maman. Personnellement, je trouve que pour une femme qui a élevé son enfant quasiment seule, elle ne s'en est pas trop mal sortie. C'est vrai, quoi. Je n'ai tué personne et je n'ai encore jamais été enceinte.

Du coup, j'ai protesté : « Sache, pour ta gouverne, que maman et Mr. Gianini sont très heureux. Ce n'est pas à eux que je pensais.

— Et à quoi pensais-tu ? » m'a demandé Grand-Mère d'un air las.

J'ai pratiquement hurlé : « À rien ! Je... je me disais qu'il allait falloir que je casse avec mon petit copain ce soir, c'est tout ! Et ça ne te regarde pas ! »

Au lieu de s'offusquer de mon ton – que n'importe quelle grand-mère qui se respecte aurait trouvé insolent –, Grand-Mère s'est contentée de boire une gorgée de son cocktail.

« Oh ? » a-t-elle fait avec la même intonation que lorsqu'on lui annonce que ses actions sont montées en Bourse. Et elle a ajouté ensuite : « Et de quel petit ami s'agit-il ? »

Pourquoi faut-il que je sois affligée d'une grand-mère pareille ? La grand-mère de Lilly et de Michael se souvient toujours des noms de leurs amis, elle leur prépare des petits plats et elle a toujours peur qu'ils ne mangent pas à leur faim, même si on peut compter sur les Moscovitz pour rapporter des vivres chez eux, ou du moins pour se les faire livrer.

Moi, ma grand-mère possède un caniche nain sans poils et un diamant de 9 carats, et sa plus grande joie dans la vie, c'est de me torturer.

Et pourquoi ? Pourquoi Grand-Mère aime-t-elle autant me torturer ? Je ne lui ai rien fait, après tout. Sauf être son unique petite-fille. En plus, je ne lui ai jamais dit ce que je pense d'elle. Par exemple, qu'elle est une vieille femme égoïste qui contribue à la destruction de l'environnement en portant des manteaux de fourrure et en fumant ses affreuses cigarettes françaises sans filtre.

Bref, je me suis efforcée de garder mon calme et j'ai déclaré : « Je n'ai qu'un seul petit ami, Grand-Mère. Il s'appelle Kenny. » Et je t'en ai parlé au moins des centaines de fois, ai-je ajouté dans ma tête.

Grand-Mère a bu une nouvelle gorgée de son Sidecar avant de reprendre : « Je croyais que ce Kenny était ton partenaire en biologie. »

J'avoue que ça m'a bluffée qu'elle s'en souvienne.

« Il se trouve que c'est aussi mon petit ami, ai-je précisé. Le problème, c'est qu'hier soir il a pété les plombs et m'a dit qu'il m'aimait. »

Grand-Mère a caressé Rommel. Il était assis sur ses genoux, l'air misérable, comme d'habitude.

« Quel mal y a-t-il à ce qu'un garçon te dise qu'il t'aime ? a-t-elle voulu savoir.

— Aucun, ai-je répondu. Sauf que je ne l'aime pas. Du coup, ce n'est pas sympa de ma part de lui laisser de faux espoirs. »

Grand-Mère a haussé les sourcils et a dit : « Je ne vois pas pourquoi. »

Mais comment ai-je pu me lancer dans une conversation pareille ?

« Grand-Mère ! me suis-je exclamée. Les gens ne se comportent pas comme ça, voyons ! De nos jours, en tout cas.

— Ah bon ? a fait Grand-Mère. D'après mes observations, je pensais que c'était le contraire. Sauf, bien sûr, si la personne est amoureuse. Sinon, il vaut mieux éconduire le prétendant indésirable afin d'être libre pour l'homme que l'on aime vraiment. »

Elle a plissé les yeux et m'a demandé : « Y a-t-il un garçon de la sorte dans ta vie, Amelia ? Un garçon que tu aimes ?

— Non », ai-je répondu.

Grand-Mère a émis un petit claquement de la langue et a répliqué : « Tu mens.

— Ce n'est pas vrai ! me suis-je défendue.

— Je sais que tu mens, Amelia, a insisté Grand-Mère. Je ne devrais pas te le dire, mais étant donné qu'une future monarque ne devrait pas faire ça, autant que tu le saches, afin qu'à l'avenir tu te contrôles : lorsque tu mens, tes narines palpitent. »

J'ai plaqué mes mains sur mon nez et j'ai crié : « C'est faux ! »

Grand-Mère, qui manifestement s'amusait beaucoup, a répété : « Si, elles palpitent. Regarde-toi dans la glace, tu verras bien. »

Je me suis tournée vers le miroir, j'ai retiré mes mains et j'ai examiné mon nez. Mes narines ne palpitaient pas du tout. Elle racontait n'importe quoi.

Mais Grand-Mère a dit alors : « Amelia, es-tu amoureuse d'un garçon ? »

J'ai répondu : « Non », et mes narines ont palpité !

Dire que pendant toutes ces années, chaque fois que je mentais, mes narines me trahissaient ! Résultat, tout ce que les gens ont à faire quand je parle, c'est regarder mes narines pour savoir si je dis ou non la vérité.

Comment se fait-il que personne ne me l'ait fait remarquer avant ? Et comment se fait-il que ce soit

Grand-Mère – Grand-Mère en particulier – qui l'ait découvert ? Et non ma mère, avec qui je vis depuis plus de quatorze ans, ou ma meilleure amie, dont le Q.I. dépasse celui d'Einstein.

Non. Il faut que ce soit Grand-Mère.

Si ça se sait, je suis fichue.

J'ai tourné le dos au miroir et j'ai avoué : « O.K. Je suis amoureuse d'un garçon. Tu es contente, maintenant ? »

Grand-Mère a haussé ses sourcils épilés.

« Inutile de crier, Amelia, a-t-elle dit, avec ce que j'aurais pu prendre pour de l'amusement chez quelqu'un d'autre. Et qui est ce garçon ? »

J'ai levé les deux mains et j'ai répondu : « Ça, je ne te le dirai pas. »

Grand-Mère a écrasé sa cigarette et a déclaré : « Très bien. J'en conclus que le garçon en question ne répond pas à ta flamme. »

Il était inutile de mentir à nouveau. Pas avec mes narines.

Du coup, j'ai avoué : « Exact. Il aime une fille très intelligente qui sait cloner les drosophiles.

— Ça peut lui servir dans la vie, a fait Grand-Mère. Mais la question n'est pas là. Je suppose que tu ne connais pas le proverbe : “Faute de grives, on mange des merles”. »

Rien qu'à ma tête, elle a dû comprendre qu'effectivement je ne le connaissais pas puisqu'elle l'a traduit par : « Ne jette pas Kenny avant d'avoir trouvé mieux. »

Je l'ai regardée, horrifiée. Je sais que Grand-Mère a dit – et fait – des trucs incroyables quand elle était jeune, mais là, c'était le comble.

« Avant de trouver mieux ? ai-je répété, tellement je n'arrivais pas à croire qu'elle ait parlé sérieusement. Tu es en train de me suggérer de ne pas casser avec Kenny tant que je ne l'ai pas remplacé ? »

Grand-Mère a allumé une autre cigarette et a répondu : « Eh bien, oui. C'est évident. »

Je vous jure que parfois je me demande si elle est vraiment humaine ou si ce n'est pas une extraterrestre venue sur notre planète pour nous espionner.

« Mais Grand-Mère, on n'a pas le droit de faire ça ! me suis-je exclamée. On n'a pas le droit de bercer un garçon de fausses espérances ! »

Grand-Mère a soufflé un long panache de fumée bleuâtre et a dit : « Pourquoi pas ?

— Parce que c'est contraire à l'éthique ! ai-je hurlé. De toute façon, je vais casser avec Kenny. Et dès ce soir. »

Grand-Mère a caressé Rommel. Il avait l'air encore plus malheureux que tout à l'heure, comme si, au lieu de le caresser, elle lui arrachait des petits bouts de peau.

« Comme tu veux, a fait Grand-Mère. Mais permets-moi de te rappeler que si tu romps avec ce jeune homme, ta moyenne en biologie va s'en ressentir. »

Je n'en revenais pas. Mais essentiellement parce que c'était une conséquence à laquelle j'avais déjà songé. En fait, je n'en revenais pas que Grand-Mère et moi, on puisse penser la même chose.

Ce qui est la seule raison pour laquelle j'ai hurlé : « Grand-Mère ! »

Elle a tapoté le bout de sa cigarette au-dessus du cendrier et a dit : « Et alors ? Ce n'est pas la vérité ? Tu as quoi comme moyenne dans cette matière ? C, c'est ça ? Et seulement parce que ce jeune homme te laisser copier les réponses.

— Grand-Mère ! » ai-je hurlé à nouveau. Parce que, bien sûr, elle avait raison.

Elle a levé les yeux vers le plafond et a continué : « Laisse-moi réfléchir. Étant donné que tu as D en mathématiques, si tu n'as pas au minimum C en biologie, ta moyenne générale risque de chuter ce trimestre. »

Quoi ? Elle connaissait toutes mes moyennes ! Et elle avait raison, en plus. Mais je ne me suis pas démontée pour autant.

« Il est hors de question que j'attende la fin du trimestre pour casser avec Kenny, ai-je déclaré. Ça ne serait vraiment pas sympa. »

Grand-Mère a lâché un soupir et a dit : « Comme tu veux. Mais as-tu réfléchi au fait que tu vas devoir t'asseoir à côté de lui pendant – combien de temps reste-t-il jusqu'à la fin du trimestre ? – deux semaines ? Cela risque d'être délicat comme situation, non ? D'autant plus que, si tu romps avec lui, il ne t'adressera probablement plus jamais la parole. »

Encore une fois, Grand-Mère avait raison. Je n'y avais pas pensé, mais c'est vrai que si Kenny décidait de ne plus m'adresser la parole, le cours de bio n'allait pas être très agréable.

Tout en faisant tourner son glaçon au fond de son verre, Grand-Mère a ajouté : « Et le bal ? As-tu songé au bal de Noël ?

— Ce n'est pas le bal de Noël, j'ai précisé, mais le bal laïque d'hiver. »

Grand-Mère m'a fait comprendre d'un geste de la main que son appellation n'importait guère et a repris : « Quoi qu'il en soit, si tu cesses de voir ce garçon, avec qui iras-tu au bal ?

— Je n'irai pas, ai-je répondu fermement, même si, bien sûr, l'idée de ne pas y aller me fendait déjà le cœur. Je resterai à la maison.

— Pendant que tous tes amis s'amuseront ? a fait

Grand-Mère. Franchement, Amelia, tout cela ne me paraît pas très raisonnable. Et cet autre garçon ?

— Quoi, cet autre garçon ? ai-je demandé.

— Celui que tu dis aimer. Ne va-t-il pas aller au bal avec la fille aux mouches ?

— Aux drosophiles, ai-je corrigé avant d'ajouter : Je ne sais pas. Peut-être. »

J'avoue que je n'avais pas songé au fait que Michael puisse demander à Judith Gershner de l'accompagner au bal. Mais, dès que Grand-Mère en a mentionné l'éventualité, j'ai ressenti la même sensation qu'à la patinoire quand je les ai vus arriver ensemble : un peu comme le jour où, alors que Lilly et moi on traversait Bleecker Street, un livreur chinois à vélo nous est rentré dedans et que j'ai eu du mal à respirer pendant plusieurs minutes après.

Sauf que cette fois, il n'y a pas qu'à la poitrine que j'avais mal. Ma langue recommençait à m'élancer. Pourtant, elle allait mieux depuis quelques jours.

Grand-Mère a déclaré : « Il me semble que ce serait un bon moyen d'attirer l'attention de ce jeune homme que d'aller au bal au bras de cet autre garçon en étant absolument divine dans une création originale dessinée par le plus grand styliste de Genovia, à savoir Sebastiano. »

Je l'ai regardée fixement. Parce qu'elle avait raison. Bien sûr qu'elle avait raison. Sauf que...

« Grand-Mère, ai-je commencé. Ce jeune homme, comme tu dis, aime une fille qui sait cloner un *insecte.* Ça m'étonnerait qu'il soit impressionné par une *robe.* »

En fait, c'est exactement ce que j'avais espéré. Que Michael soit impressionné par ma robe.

Grand-Mère a dû lire dans mes pensées, parce qu'elle a fait : « Hum, hum », d'un air entendu puis a ajouté : « Comme tu veux. Cela dit, je te trouve assez cruelle de rompre en cette période de l'année. »

Je n'y comprenais plus rien.

« Pourquoi ? » ai-je demandé. Est-ce que Grand-Mère était tombée par hasard sur une rediffusion de *La vie est belle* ? Tous les ans, pendant les vacances de Noël, on le passe à la télé. Ça et *Le Magicien d'Oz.* C'est un peu comme un repère dans l'année. Du coup, j'ai dit : « À cause de Noël ? »

Grand-Mère a pris un air dégoûté en m'entendant suggérer qu'elle puisse être émue par l'anniversaire de la naissance d'un quelconque sauveur de l'humanité et a rétorqué : « Bien sûr que non. Mais à cause de vos évaluations. Si tu faisais vraiment preuve de charité, tu attendrais au moins qu'elles soient passées pour briser le cœur de ce pauvre garçon. »

Je dois reconnaître que, si j'étais prête à réfuter n'importe quelle raison que Grand-Mère aurait invoquée pour que je ne casse pas avec Kenny, je ne m'attendais pas à celle-là. Je suis restée bouche bée.

Grand-Mère a poursuivi : « Je ne comprends pas pourquoi tu ne le laisses pas croire à ton amour jusqu'à la fin de vos évaluations. Pourquoi ajouter au stress de ce garçon ? Mais bien sûr, tu es la mieux placée pour savoir ce qu'il faut faire. J'imagine que ce... comment s'appelle-t-il déjà, ah oui, Kenny, doit être du genre à se remettre rapidement d'un échec. Il est même probable qu'il réussisse ses évaluations haut la main tout en ayant le cœur brisé. »

Incroyable ! Si elle m'avait planté une fourchette dans l'estomac et qu'elle ait ensuite entrepris d'enrouler mon intestin autour des dents comme des spaghettis, elle n'aurait pas réussi à me faire sentir plus mal.

En même temps, elle m'offrait une bonne raison de ne pas casser avec Kenny maintenant. C'est vrai, quoi. Ça ne se fait pas de rompre juste avant des évaluations. C'est même la pire chose qu'on puisse faire.

Mis à part, évidemment, le genre de trucs que Lana Weinberger et ses copines font. Comme aller voir une fille qui se change dans les vestiaires et lui demander pourquoi elle met un soutien-gorge vu qu'elle n'a rien à soutenir, ou se moquer d'elle tout simplement parce qu'elle n'aime pas que son petit copain l'embrasse. Ce genre de choses, quoi.

Bref, je *veux* casser avec Kenny mais je ne peux pas.

Et je *veux* dire à Michael ce que je ressens pour lui, mais je ne peux pas non plus.

Je ne peux même pas m'empêcher de ne pas ronger mes ongles. Si je continue comme ça, je vais dégoûter toute une nation européenne avec mes doigts en sang.

Je ne suis vraiment qu'une pauvre fille. Pas étonnant que ce matin dans la voiture – après que j'ai refermé la portière sans faire exprès sur le pied de Lars – Lilly m'ait suggéré de suivre une thérapie parce que, s'il y a bien quelqu'un qui a besoin de trouver son harmonie intérieure entre son conscient et son inconscient, c'est moi.

À faire avant de partir à Genovia :

Acheter boîtes et litière pour Fat Louie.

Cesser de se ronger les ongles.

S'autoréaliser.

Trouver harmonie intérieure entre conscient et inconscient.

Casser avec Kenny – mais pas avant la fin des évaluations/le bal.

Mardi 9 décembre, pendant le cours d'anglais

Shameeka : Qu'est-ce qui s'est passé dans le couloir ? Est-ce que j'ai bien entendu ce que Kenny t'a dit ?

Moi : Oui, tu as bien entendu. Shameeka, qu'est-ce que je vais devenir ? Je tremble tellement que je n'arrive plus à écrire.

Shameeka : Qu'est-ce que tu veux dire par « Qu'est-ce que je vais devenir ? » ? Il tient à toi, Mia. Fonce !

Moi : Mais on ne peut pas laisser les gens dire des trucs pareils. Surtout en le criant aussi fort. Tout le monde a dû l'entendre. Tu crois que tout le monde a entendu ?

Shameeka : Bien sûr que tout le monde a entendu. Si tu avais vu la tête de Lilly ! On aurait dit qu'elle allait avoir une attaque.

Moi : Tu es vraiment sûre que TOUT LE MONDE a entendu ? Même les élèves qui sortaient du labo de chimie ? Tu crois qu'ils ont entendu, eux aussi ?

Shameeka : Évidemment. Il l'a quand même crié assez fort, non ?

Moi : Est-ce qu'ils riaient ? Les élèves du labo ? Est-ce qu'ils ont éclaté de rire quand ils l'ont entendu ?

Shameeka : Certains, oui.

Moi : Oh, non ! Pourquoi faut-il que je sois née ????

Shameeka : Sauf Michael. Lui ne riait pas.

Moi : IL NE RIAIT PAS ? TU ES SÛRE ? Tu me fais marcher ?

Shameeka : Non. Pourquoi je ferais ça ? Et qu'est-ce que tu en as à faire de ce que pense Michael Moscovitz ?

Moi : Rien. Je me fiche de ce qu'il pense. Pourquoi tu me demandes ça ?

Shameeka : Parce que tu n'arrêtes pas d'en parler.

Moi : C'est parce que les gens ne devraient pas se moquer des malheurs des autres, c'est tout.

Shameeka : Je ne vois pas pourquoi tu parles de malheur. Kenny t'aime, et alors ? Des tas de filles adoreraient que leur petit copain leur crie qu'il l'aime.

Eh bien, PAS MOI !!!!!

Utiliser des *verbes transitifs* dans des phrases brèves.

Verbe transitif : Il regretta bientôt ses paroles.

Verbe intransitif : Il ne tarda pas à regretter d'avoir dit ce qu'il avait dit.

Mardi 9 décembre, pendant le cours de bio

Ce n'était pas franchement la rigolade en étude dirigée aujourd'hui. Cela dit, ce n'est pas mieux en ce moment. Je suis coincée à côté de Kenny. Heureusement, il a l'air de s'être calmé depuis ce matin.

À part ça, je ne vois pas pourquoi des élèves viennent dans certaines classes quand ils n'ont rien à y faire.

Judith Gershner, par exemple. Ce n'est pas parce qu'elle a un trou dans son emploi du temps à l'heure où on est en étude dirigée qu'elle a le droit de venir.

Attention. Je ne suis pas en train de dire que je vais la dénoncer, mais je pense que ce genre de comportement ne devrait pas être encouragé. Si Lilly persiste dans son projet de manifestation – qu'elle essaie toujours d'organiser –, elle devrait ajouter à sa liste de doléances le fait que les professeurs de cette école ont des chouchous. C'est vrai, quoi. Sous prétexte que Judith Gershner sait cloner des trucs, elle a le droit d'aller où bon lui semble dans l'enceinte du lycée.

Bref, quand je suis arrivée en étude dirigée, elle était là. Et je peux vous dire qu'elle a le béguin pour Michael. Pourquoi sinon portait-elle des collants couleur chair quand d'habitude elle en met des noirs, hein ? Aucune fille ne se met à porter brusquement des collants couleur chair si elle n'a pas une petite idée derrière la tête.

D'accord, peut-être que Michael et Judith travaillent sur leur stand pour la kermesse, mais ce n'est pas une raison pour qu'elle glisse son bras sur le dossier de la chaise de Michael. En plus, pendant l'étude dirigée, Michael m'aide normalement à faire mes maths. Mais à cause de Judith, il ne peut plus puisque mademoiselle monopolise toute son attention. Il aurait quand même pu lui faire comprendre qu'elle gênait, non ?

Sans compter qu'elle n'a aucun droit de s'immiscer dans mes conversations. Après tout, on ne se connaît pas.

Mais est-ce que ça l'aurait empêchée d'intervenir quand elle a entendu Lilly s'excuser de ne pas m'avoir crue quand je lui ai parlé du coup de fil bizarre de Kenny – depuis la déclaration d'amour passionnée qu'il m'a faite aujourd'hui dans le couloir, Lilly s'est rendue à l'évidence –, hein, est-ce que ça l'en aurait empêchée ? Oh, non.

Elle s'est exclamée : « Pauvre Kenny ! J'ai entendu ce qu'il t'avait dit dans le couloir. Je sortais du labo. C'était quoi déjà ? "Ce n'est pas grave, Mia, si tu ne partages pas mes sentiments. Moi, je t'aimerai toujours", un truc comme ça, non ? »

Je n'ai rien répondu. Tout simplement parce que j'imaginais la tête qu'elle aurait avec mon crayon à papier planté en plein milieu du front.

Et Judith a continué sur sa lancée : « C'est tellement adorable ce qu'il t'a dit. Tu sais, je crois qu'il est vraiment fou de toi. »

C'est ça, le problème. Tout le monde trouve que ce que Kenny m'a dit est adorable quand, en vérité, ça ne l'est pas du tout. C'est même totalement humiliant. Je crois que je n'ai jamais été aussi humiliée de toute ma vie.

Et je peux vous dire que j'ai eu plus que ma part d'humiliations, surtout depuis cette histoire de princesse.

Mais apparemment, je suis la seule ici à estimer que Kenny n'aurait jamais dû me dire ce qu'il m'a dit.

Lilly a hoché la tête en écoutant Judith et a déclaré : « Ça prouve qu'il est en contact avec ses émotions. »

Quand je pense que même Lilly choisit le parti de Kenny !

Elle a ajouté, juste après : « Ce n'est pas comme certaines... »

Rien que de l'écrire, ça me met hors de moi, parce que, depuis que je tiens un journal, je SUIS en contact avec mes émotions. Et je sais exactement ce que je ressens. Sauf que je ne peux en parler à personne.

Michael a alors choisi ce moment-là pour prendre ma défense : « Ce n'est pas parce que Mia ne hurle pas ses sentiments dans les couloirs du bahut qu'elle n'est pas en contact avec ses émotions. »

Incroyable ! Michael venait de mettre en mots ce que je ressens. Vous voulez savoir ? C'est pour ça que je l'aime.

J'ai lancé d'un air triomphant : « Exactement ! »

Mais Lilly a rétorqué : « Tu aurais pu lui répondre au lieu de le laisser en plan. »

Lilly déteste quand Michael vient à ma rescousse – surtout quand il le fait alors qu'elle me reproche mon manque d'honnêteté dans ma vie émotionnelle.

« Qu'est-ce que j'aurais dû lui dire à ton avis ? » lui ai-je demandé.

Maintenant que j'y réfléchis, je me rends compte que ce n'était pas très malin de ma part d'avoir posé cette question, parce que Lilly a répliqué : « Que tu l'aimes aussi, par exemple. »

POURQUOI ? C'est tout ce que je veux savoir. POURQUOI faut-il que ma meilleure amie ne comprenne pas qu'il y a des choses que je ne peux pas dire devant TOUT LE MONDE ET EN PARTICULIER DEVANT SON FRÈRE ????

« Écoute », ai-je commencé en sentant que mes joues devenaient écarlates et en me demandant comment j'allais m'en sortir. Je ne pouvais pas mentir. Pas avec mes narines qui allaient palpiter comme des malades. Bon d'accord, Lilly ne l'a pas encore découvert, mais ce n'est qu'une question de temps. Si *Grand-Mère* l'a vu...

« J'apprécie la compagnie de Kenny, j'ai dit avec précaution. Mais de là à l'aimer. Je parle d'*amour*. Ce n'est pas la même chose. Je ne suis pas... euh... Je n'ai pas... »

J'ai bafouillé encore comme ça pendant quelques secondes, consciente que tout le monde dans la pièce, et en particulier Michael, m'écoutait.

Lilly a plissé les yeux et a fait : « Je vois. Tu as peur de t'engager.

— Pas du tout ! me suis-je écriée. C'est juste que... »

Mais les yeux noirs de Lilly lançaient déjà des

éclats tellement elle avait hâte de me psychanalyser. C'est l'une de ses obsessions.

« Examinons la situation, veux-tu ? a-t-elle proposé. D'un côté, nous avons ce garçon qui erre dans les couloirs du lycée en hurlant qu'il t'aime, et de l'autre, il y a toi, qui te contentes de le regarder fixement comme un rat prisonnier d'un labyrinthe. Qu'est-ce que cela signifie à ton avis ?

— Lilly, ai-je commencé, ça ne t'a jamais traversé l'esprit que la raison pour laquelle je ne lui ai pas dit que je l'aimais moi aussi, c'est tout simplement parce que je... »

J'ai failli le dire. Sérieux. J'ai failli dire que je n'aimais pas Kenny.

Mais je n'ai pas pu. Parce que si je l'avais dit, ce serait revenu aux oreilles de Kenny et ça aurait été pire que de casser avec lui.

Du coup, j'ai dit : « Lilly, tu sais parfaitement que je n'ai pas peur de m'engager. Il y a des tas de garçons...

— Ah oui ? » m'a interrompue Lilly.

Elle semblait vraiment s'amuser. Plus que d'habitude, même. C'était presque comme si elle s'adressait à un public. Ce qu'elle faisait, finalement. Et le public, c'était son frère et sa petite copine.

« Vas-y. Cite m'en un, a-t-elle demandé.

— Un quoi ? j'ai dit.

— Un garçon pour lequel tu serais prête à t'engager pour l'éternité, a précisé Lilly.

— Tu veux que je te fasse une liste ? j'ai proposé.

— Pourquoi pas ? » a répondu Lilly.

J'ai pris une feuille et j'ai écrit :

Garçons pour lesquels Mia Thermopolis serait prête à s'engager pour l'Éternité

Wolverine des *X-men*.

Legolas, alias Orlando Bloom.

James Franco, le Tristan de *Tristan et Yseult*.

Tarzan dans le dessin animé de Walt Disney.

La Bête dans *La Belle et la Bête*.

Le soldat hyper sexy dans *Mulan*.

Le type que joue Brendan Fraser dans *La Momie*.

Batman, alias Christian Bale.

Le type que joue Jake Gyllenhaal dans *Donnie Darko*.

Justin Baxendale.

Lilly a examiné ma liste et m'a expliqué que j'avais triché parce que, dans les garçons que j'avais cités, la moitié étaient des personnages de dessins animés, un était un elfe et un autre un mutant qui peut brusquement faire apparaître des pointes au bout de ses mains.

En fait, à l'exception de Justin Baxendale – le nouveau qui vient de débarquer en terminale et dont un paquet de filles au bahut sont amoureuses tellement il est mignon –, tous les garçons de ma liste sont des personnages de fiction. Et d'après Lilly, le fait que je sois incapable d'en citer un seul que je peux espérer rencontrer prouve quelque chose.

Évidemment, elle n'en a pas déduit que le garçon que j'aime se trouvait alors dans la même pièce que moi et qu'il était assis à côté de sa petite amie.

Ça non, elle n'y a pas pensé. Personne n'y a pensé.

En revanche, tout le monde a pensé que mes désirs étaient irréalistes – en qui concerne les hommes –, et donc que j'étais incapable de m'engager.

Lilly dit que si je continue à avoir de telles exigences, je suis condamnée à avoir une vie amoureuse stérile.

De toute façon, vu la tournure des événements, je ne m'attends pas à autre chose.

Kenny vient de me faire passer un petit mot.

Mia, je suis désolé pour ce qui s'est passé tout à l'heure dans le couloir. Je comprends que je t'ai mise dans l'embarras. C'est parce que j'ai tendance à oublier que, même si tu es princesse, tu es très introvertie. Je te promets de ne plus jamais recommencer. Est-ce que je peux me faire pardonner en t'invitant à déjeuner au Big Wong mardi ?

Kenny

J'ai répondu oui. Pas seulement parce que j'adore les boulettes de légumes de chez *Big Wong* ou que je ne veux pas qu'on pense que j'ai peur de m'engager. Ou parce que je me suis dit qu'entre les boulettes et le thé, Kenny me proposerait peut-être de l'accompagner au bal du lycée.

J'ai dit oui parce que j'aime bien Kenny, malgré tout, et que je ne veux pas lui faire de peine.

Et j'aurais dit oui, même si je n'avais pas été princesse et qu'en tant que telle on attend de moi d'être obligeante !

Devoirs :

Maths : revoir chapitres IV-VII.
Anglais : devoir à rendre.
Histoire : revoir chapitres V-IX.
Français : revoir chapitres IV-VI.
Biologie : revoir chapitres VI-VIII.

Mardi 9 décembre, 4 heures, dans la limousine, avant d'arriver au Plaza

La conversation suivante a eu lieu entre Mr. Gianini et moi, après mon cours de soutien.

Mr. G. : Ça va, Mia ?

Moi : (Surprise) Oui. Pourquoi ça n'irait pas ?

Mr. G. : Eh bien, tu as réussi toutes tes équations, mais tu t'es complètement trompée dans les problèmes.

Moi : Sans doute parce que je n'avais pas la tête à ça.

Mr. G. : C'est ton voyage à Genovia qui te tracasse ?

Moi : Oui... entre autres.

Mr. G. : Tu sais que si tu éprouves le besoin de parler à quelqu'un, de ça et de n'importe quoi, d'ailleurs, je suis là. Et ta mère aussi. On peut te paraître assez occupés en ce moment avec le bébé, mais tu es toujours notre priorité n° 1. Tu le sais, n'est-ce pas ?

Moi : (Mortifiée) Oui. Mais tout va bien. Franchement.

Heureusement qu'il n'est pas au courant pour mes narines.

De toute façon, qu'est-ce que j'aurais pu lui répondre : « Mr. G., mon petit ami est timbré mais je ne peux pas casser avec lui à cause des évaluations et en plus je suis amoureuse du frère de ma meilleure amie. »

Je ne vois pas très bien quels conseils il aurait pu me donner.

Mardi 9 décembre, 7 heures du soir

Je n'y crois pas. C'est la première fois depuis des mois que je rentre à la maison avant le début d'*Alerte à Malibu*. Grand-Mère ne doit pas tourner rond. Pourtant, elle avait l'air normale quand je l'ai retrouvée pour ma leçon de princesse. Je veux dire, normale pour elle. Sauf qu'elle m'a interrompue pendant que je lui récitais le serment d'allégeance de Genovia (je dois l'apprendre par cœur si je ne veux pas passer pour une demeurée auprès des écoliers de Genovia qui, eux, le connaissent) pour me demander ce que j'avais décidé de faire avec Kenny.

Ça me fait bizarre qu'elle s'intéresse à ma vie, vu qu'elle ne l'a jamais fait avant. Enfin, pas souvent.

Bref, elle n'a pas cessé de me dire à quel point

Kenny s'était montré astucieux en m'envoyant en octobre dernier des lettres d'amour anonymes, quand j'étais persuadée (bon d'accord, quand *j'espérais*) qu'elles venaient de Michael.

Quand je lui ai demandé pourquoi, Grand-Mère s'est contentée de me répondre : « Eh bien, tu es sa petite amie maintenant, n'est-ce pas ? »

Je n'y avais jamais pensé, mais elle n'a pas tort, dans un sens.

En tout cas, c'est ma mère qui a été surprise en me voyant rentrer si tôt. Elle n'en revenait d'ailleurs tellement pas qu'elle m'a laissée choisir ce qu'on allait manger. J'ai appelé l'Italien et j'ai commandé une pizza margherita pour moi et des rigatoni à la bolognaise pour elle. Bon d'accord, il y a probablement des nitrates dans la sauce à la viande, et je sais que ce n'est pas recommandé quand on est enceinte, mais c'est si rare que je rentre assez tôt pour dîner. Ça se fête, non ? Même Mr. Gianini a fait des folies : il a pris un plat avec des champignons.

Cela dit, ce n'est pas plus mal que je sois rentrée tôt vu tout ce que j'ai à faire. En plus des révisions pour les évaluations, il faut que je commence mon devoir d'anglais, que je fasse ma liste de cadeaux pour Noël et Hanouka et que je regarde le discours que je vais devoir prononcer à la télé quand mon père me présentera au peuple de Genovia.

Si vous voulez mon avis, je ferais mieux de m'y mettre dès maintenant !

Mardi 9 décembre, 7 h 30

Alors que je faisais une petite pause, histoire de me changer les idées, j'ai pensé à quelque chose : on peut apprendre *des tas* de trucs en regardant *Alerte à Malibu.*

J'ai noté ce qui me paraissait le plus important :

Tout ce que j'ai appris grâce à Alerte à Malibu

Si on est paralysé des membres inférieurs, il suffit de vouloir sauver un gamin qui est en train de se faire attaquer par un homme pour être capable de marcher à nouveau.

Si on est atteint de boulimie, c'est probablement parce que deux hommes nous aiment à la fois. Il n'y a rien de plus simple pour s'en débarrasser (de sa boulimie) : annoncer aux deux hommes qu'on veut juste être amie avec eux.

Il y a toujours de la place pour se garer près d'une plage.

Les maîtres nageurs hommes enfilent toujours

une chemise quand ils quittent la plage. Les maîtres nageurs femmes n'en ont pas besoin.

Si on rencontre une fille super belle mais pas claire dans sa tête, ça veut dire qu'elle fait de la contrebande de diamants ou bien qu'elle souffre de troubles de la personnalité. Dans les deux cas, il vaut mieux ne pas accepter son invitation à dîner.

Dick Van Patten, bien que relativement âgé, peut se révéler étonnamment résistant dans une bagarre à mains nues.

Si des gens meurent mystérieusement en se baignant dans la mer, c'est probablement parce qu'une anguille électrique géante s'est échappée de l'aquarium voisin.

Les filles qui songent à abandonner leur bébé devraient le laisser sur une plage. Il y a de fortes chances pour qu'un gentil maître nageur le trouve, l'adopte et l'élève comme son propre enfant.

C'est très facile d'éviter un requin.

Les phoques sauvages font d'adorables animaux de compagnie.

Mardi 9 décembre, 8 h 30

Je viens de recevoir un mail de Lilly. Je ne suis pas la seule à l'avoir reçu. J'en conclus qu'elle a trouvé comment faire des mails communs.

Mais pourquoi ça m'étonnerait ? Lilly *est* un génie. En même temps, elle a manifestement développé une atrophie du cerveau à force d'avoir trop étudié. La preuve, ce qu'elle a écrit :

À TOUS LES ÉLÈVES DU LYCÉE ALBERT-EINSTEIN

Vous êtes stressés parce que vous avez trop de contrôles et trop de devoirs à rendre ? N'acceptez plus de façon passive la charge de travail qui vous est imposée par une administration tyrannique ! Une manifestation silencieuse est prévue demain, à 10 heures précises. Ce sera l'occasion de montrer à vos professeurs ce que vous pensez de vos emplois du temps inflexibles, de la censure répressive qui est exercée sur vous et des délais ridicules qu'on vous accorde pour réviser avant les évaluations. Laissez vos crayons et vos stylos, laissez vos livres et venez à l'angle de Madison et de Park Avenue, sur la 75e Rue Est (sortez de préférence par la porte principale) pour manifester contre la principale Gupta et le conseil d'administration. Faites-vous entendre !

Je ne sais pas trop quoi en penser. Je ne peux quand même pas quitter l'école demain à 10 heures. J'ai maths. Et Mr. Gianini risque de ne pas comprendre si je me lève brusquement et que je sorte en plein milieu du cours.

Mais si je dis à Lilly que je ne participe pas à sa manifestation silencieuse, elle va être folle de rage.

En revanche, si j'y participe, c'est mon père qui va être fou de rage. Sans parler de ma mère. On peut tous se faire renvoyer. Ou renverser par un camion. C'est vrai, quoi. Il y en a plein dans la 75e Rue à cette heure-là.

Pourquoi ? Pourquoi faut-il que ma meilleure amie soit une inadaptée sociale ?

Mardi 9 décembre, 8 h 45

Michael vient de m'envoyer un message.

Le cerveau : Est-ce que tu as reçu le mail délirant de ma sœur ?

Évidemment, je lui ai répondu tout de suite.

FtLouie : Oui.
Le cerveau : J'espère que tu ne vas pas participer à cette stupide manifestation.
FtLouie : Elle risque de m'en vouloir à vie si je refuse.
Le cerveau : Tu n'es pas obligée de faire tout ce qu'elle dit, tu sais. Tu lui as déjà tenu tête par le passé. Pourquoi ne le ferais-tu pas à nouveau ?

Pourquoi ? Michael voulait savoir pourquoi.

Parce qu'entre les évaluations, mon voyage à Genovia, le fait que je l'aime et que personne ne le sait, ce n'était peut-être pas la peine que je me dispute en plus avec ma meilleure amie.

Mais ce n'est pas ça que je lui ai répondu, bien sûr.

FtLouie : Parce que je me suis rendu compte que la voie de la soumission était souvent la plus sûre en ce qui concernait ta sœur.

Le cerveau : En tout cas, moi, je ne la suis pas. Sur cette histoire de manifestation, je veux dire.

FtLouie : Ce n'est pas pareil pour toi. Tu es son frère. Elle est obligée de t'adresser la parole. Vous vivez sous le même toit.

Le cerveau : Plus pour longtemps. Heureusement.

FtLouie : C'est vrai. J'oubliais que tu avais été accepté à Columbia. Toutes mes félicitations.

Le cerveau : Merci.

FtLouie : Tu dois être content de connaître au moins une personne, non ? Je veux parler de Judith Gershner.

Le cerveau : Oh, oui. Au fait, tu seras encore à New York au moment de la kermesse ? Si je me souviens bien, tu ne pars pas avant le 19 pour Genovia, non ?

Tout ce à quoi je pensais, à ce moment-là, c'est :

Pourquoi me demande-t-il ça ? Il ne va quand même pas me proposer de l'accompagner au bal ? Il doit savoir que j'y vais avec Kenny. C'est-à-dire si Kenny pense à m'en parler. De toute façon, Michael a déjà une cavalière. Il y va avec Judith Gershner, non ? NON ???

FtLouie : Je pars le 20.
Le cerveau : Super. Parce qu'il faut vraiment que tu passes au stand du Club informatique. Je te montrerai le jeu sur lequel je travaille en ce moment. À mon avis, ça te plaira.

J'aurais dû m'en douter que c'était à son stupide jeu qu'il pensait. Jamais Michael Moscovitz ne me proposerait de l'accompagner à un bal. Pas dans cette vie, en tout cas. Qu'est-ce que j'en ai à faire, de son jeu ? À tous les coups, ça doit consister à abattre une bande de types armés à l'air plus bête les uns que les autres. Je suis sûre que c'est une idée de Judith.

J'ai eu envie de lui répondre : N'as-tu pas la moindre idée de ce que j'endure en ce moment ? N'as-tu pas encore compris que la seule personne pour laquelle je suis prête à m'engager toute ma vie, c'est TOI ???

À la place, j'ai écrit :

FtLouie : Super. J'ai hâte de voir ce que c'est. Bon, il faut que je te laisse. Salut.

Parfois, je me hais.

Mercredi 10 décembre, 3 heures du matin

Incroyable. Je viens de me réveiller brusquement à cause de quelque chose que Grand-Mère m'a dit. Oui, j'ai bien écrit : Grand-Mère.

J'étais profondément endormie – enfin, dans la mesure où on peut dormir avec un chat de dix kilos sur le ventre –, quand tout à coup, je me suis réveillée avec cette phrase à l'esprit : « Eh bien, tu es sa petite amie maintenant, n'est-ce pas ? »

C'est ce que Grand-Mère m'a répondu quand je lui ai demandé pourquoi elle trouvait que Kenny avait fait preuve d'ingéniosité en m'envoyant des lettres d'amour anonymes.

Et vous savez quoi ?

ELLE A RAISON.

Jamais je n'aurais pensé écrire un jour que Grand-Mère a raison, mais je crois qu'elle a vraiment raison. Les lettres d'amour anonymes de Kenny ont marché. Je *suis* sa petite amie.

Qu'est-ce qui m'empêche dans ce cas d'en envoyer au garçon que j'aime ? C'est vrai, quoi. À part le fait que j'ai déjà un petit ami et que le garçon que j'aime a, de son côté, une petite amie aussi.

Si vous voulez mon avis, l'idée n'est pas mauvaise. Bon d'accord, il faut que j'y réfléchisse encore, mais en temps de désespoir, on se défend avec l'énergie du désespoir, comme on dit. Je ne suis pas sûre que ce soit la citation exacte. Tant pis. Je suis trop fatiguée pour vérifier.

Mercredi 10 décembre, en perm

Finalement, j'ai passé la nuit à réfléchir à cette histoire de lettres d'amour anonymes. Je crois que j'ai trouvé. Et je vais pouvoir passer à l'acte grâce à Tina Hakim Baba et à un petit détour par *Chez Ho,* le traiteur chinois en face du lycée.

O.K. Je n'ai pas vraiment trouvé ce je voulais *Chez Ho.* Je cherchais une carte sans rien d'écrit à l'intérieur et avec une photo assez sophistiquée mais pas trop sexy. Le problème, c'est que les seules cartes *Chez Ho* qui n'ont rien d'écrit à l'intérieur et qui ne représentent pas des chatons montrent des fruits trempés dans du chocolat.

J'ai essayé de choisir un fruit qui ne fasse pas trop phallique, mais apparemment même la fraise que j'ai fini par prendre a quelque chose de sexy puisque tout ce que Tina a trouvé à dire en la voyant, c'est :

« Ouah. » Personnellement, je ne vois pas très bien ce qu'il y a de sexy dans une fraise trempée dans du chocolat, mais bon.

Sinon, Tina a accepté d'écrire à ma place pour que Michael ne reconnaisse pas mon écriture. Je lui ai donc dicté un petit poème. Il m'est venu vers 5 heures du matin :

Les roses sont roses
et les violettes violettes.
Tu ne le sais peut-être pas
mais quelqu'un t'aime.

J'admets que j'ai fait mieux. En même temps, ce n'est pas évident de trouver l'inspiration quand on n'a dormi que trois heures.

J'ai aussi hésité à employer le verbe *aimer.* Je voulais mettre *apprécier* (je n'ai pas envie que Michael pense qu'il est la cible d'une psychopathe), mais Tina m'a assuré que *aimer,* c'était mieux. Et puis, comme elle l'a dit : « C'est la vérité, non ? »

De toute façon, étant donné que je ne signe pas, je peux dire ce que je veux.

Bref, Tina est allée déposer ma carte dans le casier de Michael, juste avant le cours de gym.

Je n'arrive pas à croire que je sois descendue aussi

bas. Mais, comme me l'a dit mon père, les hommes pusillanimes n'ont pas la clé des cœurs féminins.

Mercredi 10 décembre, en perm

Lars vient de me faire remarquer que je ne risquais pas grand-chose vu que la carte est anonyme et qu'en plus j'ai pris la précaution de demander à Tina d'écrire à ma place (Lars est au courant de mon plan ; il a bien fallu que je lui explique pourquoi je voulais passer *Chez Ho* avant les cours). Il nous a aussi aidées, Tina et moi, à choisir la carte. Cela dit, j'aimerais bien que sa contribution s'arrête là. C'est un homme après tout et je ne peux pas m'empêcher de mettre en doute ses capacités en matière de lettres d'amour.

En plus, il a déjà été marié quatre fois au moins. Ce qui prouve qu'il ne doit pas savoir y faire avec les femmes.

Dernière chose : il devrait le savoir, depuis le temps, qu'on n'a pas le droit de parler en perm.

Mercredi 10 décembre, 9 h 30, pendant le cours de maths

Quand j'ai quitté Lilly tout à l'heure – elle est dispensée de ce cours de maths parce que Mr. G.

veut faire travailler les élèves qui ont des difficultés –, elle m'a soufflé : « Tu n'oublies pas, hein. 10 heures ! Ne me laisse pas tomber ! »

La vérité, c'est que j'avais oublié. J'avais complètement oublié sa manifestation silencieuse. Sa stupide manifestation.

Pauvre Mr. Gianini. Il est là, en train de revoir avec nous les notions du chapitre V, et il ne se doute de rien. Ce n'est pas sa faute après tout si Mrs. Spears n'a pas aimé le devoir de Lilly. Lilly n'a pas le droit de punir arbitrairement tous les profs du bahut sous prétexte qu'elle n'a pas apprécié ce qu'a fait l'un d'eux.

Il est 9 h 35.

J'y vais ou j'y vais pas ?

Mercredi 10 décembre, 9 h 45, toujours pendant le cours de maths

Lana Weinberger s'est penchée vers moi et m'a dit : « Tu vas manifester avec ta grosse copine ? »

Ce genre de remarque est inadmissible. Il n'y a que dans les sociétés aussi tordues que la nôtre, où des filles comme Christina Aguilera sont tenues pour des symboles de la beauté alors qu'elles souffrent manifestement d'un problème de malnutrition (à moins qu'il s'agisse du scorbut), que Lilly peut être jugée grosse. Lilly n'est pas grosse. Elle est juste enveloppée.

Je ne supporte pas ça.

Mercredi 10 décembre, 9 h 50, toujours pendant le cours de maths

Encore dix minutes avant 10 heures, c'est-à-dire avant le début de la manif.

Je n'en peux plus. J'y vais.

Mercredi 10 décembre, 9 h 55

Je suis dans le couloir, à côté de l'alarme d'incendie et du distributeur de boissons du deuxième étage. Mr. G. m'a laissée sortir. Je lui ai dit que j'avais besoin d'aller aux toilettes.

Lars est avec moi. Il n'arrête pas de rigoler. Il ne voit pas que la situation est grave ? Sans compter que Justin Baxendale vient de passer et qu'il nous a regardés bizarrement.

Je sais bien que ma présence dans le couloir à cette heure de la journée doit paraître bizarre, surtout avec mon garde du corps qui est mort de rire, mais quand même ! Ce n'était peut-être pas la peine que Justin Baxendale me regarde comme il l'a fait.

Ses cils sont tellement longs et sombres qu'ils lui font des yeux de biche.

QUOI ??? JE N'ARRIVE PAS À CROIRE QUE JE M'INTÉRESSE AUX CILS DE JUSTIN BAXENDALE À UN MOMENT PAREIL !!!

Parce que je me suis mise dans un sacré pétrin :

Si je ne manifeste pas, je perds ma meilleure amie.

Mais si je manifeste, je déçois mon beau-père.

Résultat, je n'ai pas le choix.

Lars vient de me proposer de le faire à ma place. Je ne peux pas accepter. Je ne peux pas le laisser dire que c'était son idée si on se fait attraper. C'est moi la princesse. C'est à moi d'assumer.

Du coup, je lui ai dit d'être prêt à détaler.

Ce qu'il y a de bien, quand on a de grandes jambes comme moi, c'est qu'on court vite.

C'est parti !

Mercredi 10 décembre, 10 heures, 75e Rue Est, à côté d'un échafaudage

Je ne vois pas pourquoi Lilly est folle de rage. D'accord, que tout le monde ait évacué l'école en entendant sonner l'alarme d'incendie n'a rien à voir avec le fait de quitter délibérément le lycée en signe de protestation contre les mesures de répression exercées par certains professeurs.

En attendant, on est quand même tous dehors dans la rue sous la pluie et personne n'a de manteau parce que l'administration a refusé qu'on passe les chercher de peur qu'on se retrouve prisonniers des flammes. Conclusion : on va tous mourir d'hypothermie à cause du froid.

C'est ça que voulait Lilly, non ? Qu'on soit tous dehors.

Eh bien, non. Madame n'est pas contente.

« Il y a un mouchard parmi nous ! n'arrête-t-elle pas de crier. Quelqu'un nous a dénoncés ! Pourquoi sinon auraient-ils prévu un exercice d'évacuation à la même heure que ma manifestation ? Croyez-moi, ces bureaucrates sont prêts à tout pour nous empêcher de dire ce qu'on pense. À tout ! Même à nous laisser dans le froid et sous la pluie dans l'espoir d'affaiblir nos systèmes immunitaires afin qu'on n'ait pas la force de lutter contre eux ! Je refuse de me plier à leurs petites manigances ! »

J'ai suggéré à Lilly de traiter pour son nouveau devoir d'anglais l'histoire des suffragettes, parce que, comme nous, elles ont dû supporter un paquet d'affronts pour défendre les droits de la femme.

Lilly m'a répondu de ne pas systématiquement choisir la solution de facilité.

Qu'est-ce que c'est compliqué d'être amie avec un génie.

Mercredi 10 décembre, pendant l'étude dirigée

Je n'arrive pas à savoir si Michael a reçu ma carte ou pas !!!!!

En plus, Judith Gershner est ENCORE là. Pourquoi ne reste-t-elle pas dans SA classe ? Pourquoi faut-il qu'elle s'incruste tout le temps dans la nôtre ? Tout allait bien avant *son* arrivée.

Ma vie est pathétique.

J'ai failli aller chercher Mrs. Hill dans la salle des profs en prétextant n'importe quoi – par exemple, lui demander pourquoi le gardien a enlevé la porte du placard, ce qui nous empêche d'y enfermer Boris –, histoire qu'elle vienne jeter un coup d'œil et REMARQUE la présence d'une fille qui n'est pas censée être là.

Mais je n'ai pas pu m'y résoudre, à cause de

Michael. Il doit manifestement *vouloir* que Judith reste, sinon il lui dirait qu'elle n'a rien à faire ici.

Ce n'est pas vrai ???

Bref, comme Michael est occupé avec Miss Gershner, je suis obligée de réviser mes maths toute seule.

Mais ça ne me gêne pas. Pas du tout. Je me débrouille très bien.

La preuve :

On appelle réunion de l'ensemble E et de l'ensemble F l'ensemble de tous les éléments appartenant à au moins un des ensembles E et F. On note ce nouvel ensemble E ∪ F qui se lit « E union F ».

Soient A et B deux parties d'un ensemble E ; A ∪ B est donc une partie de E définie par :

$A \cup B = \{x \in E / (x \in A) \text{ ou } (x \in B)\}$

Où est le problème ? C'est super fastoche. Pourquoi j'aurais besoin de l'aide de Michael Moscovitz, hein ? La réunion des deux ensembles, je connais.

JE CONNAIS SUPER BIEN.

Oh, Michael.

à cause de toi

mon cœur = 0
Pourquoi ne comprends-tu pas
que toi ∪ moi = ∞

Sans toi,
mon âme est un ensemble vide

Ne vois-tu pas
que Moi ∈ Toi ?

Mercredi 10 décembre, pendant le cours de français

Je viens de me rendre compte de quelque chose. Si mon plan marche – c'est-à-dire si j'arrive à faire que Michael casse avec Judith Gershner et si moi, je casse avec Kenny et qu'au bout du compte, je me retrouve dans une situation, disons, romantique, avec le frère de Lilly –, je ne saurai pas quoi faire.

Je parle sérieusement.

Embrasser, par exemple. Je n'ai embrassé qu'un seul garçon dans ma vie, et c'est Kenny. Eh bien, je n'arrive pas à croire que ce qu'on a fait, Kenny et moi, recouvre la totalité de l'expérience du baiser, parce que franchement, ça n'avait rien à voir avec ce qu'ils montrent à la télé.

Cette pensée très troublante m'a conduite à une conclusion encore plus troublante : je ne sais pas embrasser.

En fait, si je dois embrasser de nouveau quelqu'un, il vaudrait peut-être mieux que je me renseigne avant. Auprès d'une experte, je veux dire.

Ce qui explique pourquoi j'ai consulté Tina Hakim Baba sur la question. Tina n'a peut-être pas le droit de se maquiller pour aller au lycée, mais ça fait trois mois qu'elle embrasse Dave Farouq El-Abar – un élève de Trinity – et qu'elle ADORE ça.

J'ai collé les résultats de cette enquête hautement scientifique afin d'y référer plus tard.

Tina,

J'ai besoin de savoir certaines choses sur la façon dont on embrasse. Peux-tu répondre EN DÉTAIL à chacune de mes questions ??? Et SURTOUT, ne montre cette feuille à personne !!! Et ne la perds pas !!!

Mia

P.S. : Est-ce qu'un garçon peut deviner qu'une fille n'a aucune expérience ? Comment une fille qui n'a aucune expérience doit embrasser ?

Mia,

Le garçon peut sentir une certaine nervosité de ta part, ou un certain malaise. Mais on est tous nerveux quand on embrasse quelqu'un pour la première fois. C'est naturel ! Embrasser s'apprend vite, crois-moi ! Quelqu'un qui n'a pas d'expérience peut s'arrêter trop tôt parce qu'il ou elle a peur, par exemple. Mais c'est normal. On éprouve une sensation curieuse. C'est ça qui est drôle.

Est-ce qu'on peut dire d'une personne qu'elle embrasse bien ? Si oui, quelles sont ses particularités (comme ça je saurai quoi faire) ?

Oui, on peut dire d'une personne qu'elle embrasse bien. Quelqu'un qui embrasse bien est doux, attentionné, patient et surtout pas exigeant.

Faut-il exercer une pression forte sur les lèvres de la personne qu'on embrasse ?

Appuyer, par exemple ou, comme pour une poignée de main, être ferme ? Ou bien, faut-il juste attendre et laisser le garçon faire tout le travail ?

Si tu veux un baiser doux (qui traduit la tendresse) n'appuie pas trop fort (cela est également valable si le garçon porte un appareil, sinon tu risques de lui faire mal). Si tu l'embrasses avec fougue (donc, que tu appuies trop), il y a des chances pour qu'il pense que tu es désespérée ou que tu veux aller plus loin, quand ce n'est pas le cas.

Bien sûr, tu n'es pas censée attendre que le garçon fasse tout le travail : embrasse-le à ton tour. Mais embrasse-le toujours comme TU as envie qu'il t'embrasse. C'est comme ça que les garçons apprennent. Si on ne leur montre pas comment faire, on n'arrive à rien.

Comment sais-tu quil est temps d'arrêter ?

Tu t'arrêtes quand il arrête, ou quand tu en as assez et que tu n'as pas envie de continuer. Écarte la tête doucement (pour ne pas le brusquer), ou si l'occasion s'y prête, transforme le baiser en câlin et recule-toi ensuite.

Est-ce que ça reste dégoûtant, même quand on aime le garçon ?

Bien sûr que non ! Embrasser n'est jamais dégoûtant !

Bon d'accord, je vois ce que tu veux dire, et peut-être qu'avec Kenny, ça l'était. C'est sûr qu'il vaut mieux embrasser quelqu'un qu'on aime bien. Cela dit, même avec quelqu'un qu'on aime bien, embrasser peut parfois sembler dégoûtant. Par exemple, Dave m'a léché le menton un jour, ce que je n'ai pas du tout apprécié. Mais à mon avis, il ne l'a pas fait exprès (de me lécher, je veux dire).

Si le garçon t'aime et que tu embrasses mal, est-ce que ça compte pour lui ? (Définition de la personne qui embrasse mal.)

Si le garçon t'aime, il s'en fiche que tu embrasses bien ou pas. En fait, même si tu embrasses mal, il pensera probablement que tu embrasses bien. Et vice versa. Parce qu'il t'aime pour ce que tu es – et non pas pour la façon dont tu embrasses.

Définition de la personne qui embrasse mal : c'est quelqu'un qui te mouille la figure, qui te bave dessus, qui cherche à faire entrer sa langue quand tu n'es pas prête, qui a mauvaise haleine. Il existe AUSSI des personnes qui ont la langue trop sèche et qui pique, comme un cactus. Je n'ai jamais été embrassée par l'une d'elles, j'en ai juste entendu parler.

Quand sais-tu qu'il est temps d'ouvrir la bouche et d'embrasser avec la langue ?

Tu sens le contact de la langue du garçon sur tes lèvres. Si tu en as envie, entrouvre les lèvres. Sinon, serre de toutes tes forces.

Rendez-vous demain pour la deuxième partie : Comment embrasser avec la langue !!!

Devoirs :

Maths : revoir chapitres VIII-X.
Anglais : pour le journal : Les livres que j'ai lus.
Histoire : revoir chapitres X-XII.

Français : revoir chapitres VII-IX.
Biologie : revoir chapitres IX-XII.

Mercredi 10 décembre, 9 heures, dans la limousine, de retour à la maison

Je suis tellement fatiguée que je n'arrive presque pas à écrire. Grand-Mère m'a fait essayer toutes les tenues qui se trouvaient dans le showroom de Sebastiano. Vous ne pouvez pas imaginer le nombre de robes que j'ai dû enfiler : des courtes, des longues, des droites, des bouffantes, des blanches, des roses, des bleues et même une citron vert (qui rehausse la *coul* de mes joues, dixit Sebastiano).

Le but de tous ces essayages, c'est de me choisir une tenue pour ma présentation officielle au peuple de Genovia. Je dois être royale, mais pas trop royale. Belle, mais pas trop belle. Sophistiquée, mais pas trop sophistiquée.

Quel cauchemar, toutes ces filles aux joues creuses qui me tournaient autour pour m'aider à enfiler les robes, à les retirer, à les boutonner, à les fermer ! Je sais maintenant la vie que mènent les mannequins. Pas étonnant qu'elles soient aussi dépressives.

Cela dit, ce n'était *pas* facile de choisir une robe parce que, à ma grande surprise, Sebastiano est assez doué. Il y a plusieurs modèles pour lesquels je veux bien mourir.

Oups ! Qu'est-ce que je viens d'écrire ?

Je me demande finalement si Sebastiano songe vraiment à me tuer. Il donne tellement l'impression d'adorer son métier de styliste. S'il devient prince, il ne pourra plus l'exercer. Il sera trop occupé à voter des projets de loi.

En même temps, ça se voit qu'il aimerait bien porter une couronne. Non pas que ce soit obligatoire quand on est à la tête de Genovia. Mon père, par exemple, il ne porte jamais sa couronne. Il est toujours en costume. Ou en short, quand il joue au tennis avec d'autres chefs d'État.

Est-ce que je vais devoir me mettre au tennis ?

Mais si Sebastiano prend la tête du pouvoir, je suis sûre que lui, il portera toujours sa couronne. Il m'a dit que rien n'illuminait autant les yeux de quelqu'un que les diamants en forme de poire. Il préfère ceux de Tiffany. Ou comme il dit, de *Tiff.*

Bref, comme on commençait à devenir assez potes, tous les deux, je lui ai parlé du bal et je lui ai expliqué que je n'avais rien à me mettre. Sebastiano a eu l'air déçu quand il a appris que je ne porterais pas de diadème, mais il a réussi à surmonter son désappointement et s'est mis à me poser des tas de questions sur la soirée. Du genre, avec qui j'y allais, à quoi il ressemblait, etc.

Du coup, sans que je m'en aperçoive, je me suis retrouvée à lui parler de ma vie sentimentale. C'était tellement bizarre. Je n'y tenais pas du tout au départ, mais c'est sorti tout seul. Heureusement que Grand-Mère était allée se chercher des cigarettes et se commander un autre Sidecar.

J'ai parlé de Kenny à Sebastiano et je lui ai dit qu'il m'aimait mais que moi, je ne l'aimais pas, parce que j'aimais quelqu'un d'autre qui ne sait même pas que j'existe.

J'avoue que Sebastiano *sait* écouter. Je ne suis pas sûre qu'il ait bien compris ce que je racontais, mais pendant tout le temps où j'ai parlé, il n'a pas quitté des yeux mon reflet dans le miroir, et quand j'ai eu fini, c'est à mon reflet qu'il s'est adressé et qu'il a dit : « Ce garçon que tu aimes, pourquoi penses-tu qu'il ne t'aime pas ?

— Parce qu'il aime cette autre fille », j'ai répondu.

Sebastiano a eu un geste d'impatience. Et comme les poignets de sa chemise étaient ornés de dentelle, ça lui a donné un air dramatique.

« Non, non, non, non ! s'est-il écrié. Il t'aide à faire tes *dev* de maths. Pourquoi le ferait-il s'il ne t'aimait pas ? »

Une fois que j'ai compris que mes dev de maths, c'étaient mes devoirs de mathématiques, je me suis demandé effectivement pourquoi Michael tenait tellement à m'aider. À m'aider à faire mes devoirs de maths, je veux dire. Pourquoi donc ? Parce que je suis la meilleure amie de sa sœur et qu'il n'est pas du genre à rester les bras croisés pendant que la meilleure amie de sa sœur va se faire virer du lycée.

Alors que je pensais à tout ça, je n'ai pas pu m'empêcher de penser aussi à ses genoux qui frôlent les miens de temps en temps sous la table pendant qu'il me parle des nombres entiers. Ou à son odeur, quand il se penche vers moi pour corriger quelque chose que j'ai mal écrit. Ou à la façon dont il jette la tête en arrière et éclate de rire quand je m'amuse à imiter Lana Weinberger.

Michael a un si joli sourire.

Sebastiano a dit : « Alors ? Pourquoi ce garçon t'aide s'il ne t'aime pas ? »

J'ai répondu en soupirant tristement : « Parce que je suis la meilleure amie de sa sœur. »

Franchement, qu'est-ce qui pourrait être *plus* humiliant ? C'est clair que Michael n'a jamais été impressionné par ma vive intelligence ni par mon physique de rêve, étant donné ma moyenne en maths et le gigantisme dont je suis atteinte.

Sebastiano a posé la main sur mon bras et a dit : « Fais-moi *conf.* Je vais te *dess* une robe pour ton bal et ce garçon ne pensera plus à toi comme à la meilleure amie de sa sœur. »

Ben voyons.

Pourquoi faut-il que tous les membres de ma famille délirent autant ?

Bref, on a quand même fini par choisir ce que j'allais porter pour mon discours télévisé : une robe blanche en taffetas avec une jupe bouffante et une écharpe bleu clair (les couleurs de Genovia). Mais Sebastiano a insisté pour que l'une de ses assistantes me prenne en photo dans toutes les tenues de façon que je voie à quoi je ressemble au cas où je changerais d'avis. Pour un type qui mange certaines syllabes, il fait preuve d'un certain professionnalisme, je trouve.

Mais pourquoi je parle de tout ça ? Je suis tellement fatiguée que je ne sais plus ce que je fais.

En fait, je voulais parler de ce qui s'est passé tout à l'heure après le cours de maths.

Mr. Gianini a attendu que tout le monde sorte pour me dire : « Mia, est-ce que tu peux rester cinq minutes, s'il te plaît. J'aimerais avoir un petit entretien avec toi. »

Voilà le contenu de l'entretien :

Mr. G. : J'ai entendu dire qu'une manifestation d'élèves devait avoir lieu aujourd'hui. Tu étais au courant ?

Moi : (Tremblante) Non, pas du tout.

Mr. G. : Donc, tu ne sais pas si quelqu'un, qui ne voulait pas participer à cette manifestation, a tiré sur l'alarme d'incendie ? Celle qui se trouve près du distributeur de boissons du deuxième étage.

Moi : (Priant pour que Lars cesse de tousser) Non, je ne vois pas.

Mr. G. : C'est ce que je pensais. Parce que tu sais que la sanction, quand on tire sur l'alarme d'incendie alors qu'il n'y a pas d'incendie, c'est l'expulsion.

Moi : Oui, bien sûr, je le sais.

Mr. G. : Je me disais que tu avais peut-être vu la personne qui l'avait fait, puisque tu te trouvais dans le couloir, à ce moment. Tu te souviens que tu m'avais demandé d'aller aux toilettes ?

Moi : Non. Je n'ai vu personne.

Sauf Justin Baxendale et ses yeux de biche. Mais ça, je ne le lui ai pas dit.

Mr. G. : C'est bien ce que je pensais. Si par hasard tu apprenais qui l'a fait, dis-lui de ma part de ne pas recommencer.

Moi : D'accord.

Mr. G. : Et remercie aussi cette personne pour moi. Sans le savoir, elle nous a évité bien des tracas. Avec la tension qui règne en ce moment à cause des évaluations, une manifestation aurait été catastrophique. Allez, sauve-toi. À tout à l'heure.

À ce moment-là, il s'est passé un truc incroyable : Mr. G. m'a fait un clin d'œil. Oui, UN CLIN D'ŒIL, comme s'il savait que c'était moi qui avais tiré sur l'alarme d'incendie.

Mais il ne peut pas le savoir. Il n'est pas au courant pour mes narines (qui n'ont pas arrêté de palpiter pendant tout l'entretien ; je le sais, parce que je *le* sentais). Il ne peut pas avoir deviné, quand même ?????

Jeudi 11 décembre, en perm

Lilly est en train de me rendre folle.

Sérieux. Comme si ma vie n'était déjà pas assez compliquée. Non, il faut en plus que je l'écoute se plaindre de l'administration du lycée Albert-Einstein qui, d'après elle, veut sa peau. Pendant tout le trajet de chez elle à l'école, ce matin, elle n'a pas cessé de parler et de m'expliquer qu'il s'agissait d'un complot pour la faire taire parce qu'elle avait osé se plaindre un jour du distributeur de Coca qui se trouve à l'extérieur du gymnase. D'après Lilly, le distributeur de Coca est la preuve manifeste que l'administration cherche à faire de nous des clones dont l'horizon se résumerait aux sodas et aux vêtements de chez Gap.

Si vous voulez mon avis, sa rage n'a rien à voir avec le Coca-Cola ou les efforts de l'administration pour faire de nous des clones. Lilly est en colère parce qu'elle n'a toujours pas digéré que Mrs. Spears ait refusé qu'elle utilise pour son devoir un chapitre de son guide sur la vie des lycéens.

J'ai rappelé à Lilly que, si elle ne traitait pas un autre sujet, Mrs. Spears lui mettrait E. Comme sa note précédente était A, sa moyenne passera à C, ce qui risque de compromettre ses chances d'entrer à Berkeley, l'université où elle rêve d'aller. Du coup, elle sera obligée de se rabattre sur Brown, où elle est sûre d'être acceptée, mais qu'elle vivra comme une humiliation.

De toute façon, Lilly ne m'a même pas écoutée. Elle m'a expliqué qu'elle avait fondé une nouvelle association (dont elle est la présidente), l'Association des élèves en colère du lycée Albert-Einstein (l'A.E.C.L.A.E.) et qu'une réunion était prévue samedi, à laquelle j'avais intérêt à assister, vu que j'étais la secrétaire. Ne me demandez pas comment ça s'est fait. Lilly dit que, dans la mesure où j'écris tout le temps, ça ne devrait pas me changer beaucoup.

Malheureusement pour moi, Michael n'était pas là pour prendre ma défense. Depuis une semaine, il va au lycée en métro. Ça lui permet d'arriver plus tôt et de terminer le jeu informatique qu'il veut présenter à la kermesse.

Ça ne m'étonnerait pas que Judith Gershner soit avec lui.

En parlant de Michael, je lui ai envoyé une autre carte. Je l'ai achetée dans la boutique du *Plaza*. Elle est nettement mieux que la première, avec la fraise. On voit une femme, l'index sur les lèvres, qui fait *Chut...*

À l'intérieur, j'ai demandé à Tina d'écrire :

Les roses sont roses
mais les cerises sont rouges.
Peut-être qu'elle sait cloner des mouches
mais moi, je sais mieux t'apprécier.

Ce que je voulais dire, c'est que je l'aime plus que Judith Gershner. En même temps, je ne suis pas sûre que ce soit ça qui ressorte de mon poème. Tina dit que si. Encore une fois, elle pense que j'aurais dû mettre *aimer* et non pas *apprécier*. Je ne sais pas. Je trouve que *apprécier* sonne mieux. Mais peut-être que Tina a raison, après tout ?

Je devrais le savoir. J'en écris suffisamment.

Des poèmes, je veux dire.

Journal pour Mrs. Spears

Ce trimestre, nous avons lu plusieurs romans, dont Ne tirez pas sur l'oiseau moqueur, Huckleberry Finn *et* La Lettre écarlate. *Dans votre journal, notez vos impressions à la lecture de ces livres, et des livres en général. Quelles ont été vos expériences les plus fortes en tant que lecteur ? Vos livres préférés ? Ceux que vous n'avez pas du tout aimés ?*

PS : Utilisez des verbes transitifs.

Les livres que j'ai lus
et ce qu'ils m'ont apporté
par Mia Thermopolis

Les livres que j'ai aimés

Les Dents de la mer : Je suis sûre que vous ne savez pas que, dans le livre, Richard Dreyfuss couche avec la femme de Roy Scheider. Pourtant, ils le font.

L'Attrape-cœur : C'est génial. Et il y a plein de gros mots.

Ne tirez pas sur l'oiseau moqueur : Super. Je trouve qu'on devrait l'adapter au cinéma. Mel Gibson pourrait jouer le rôle d'Atticus et il tuerait Mr. Ewell à la fin avec un lance-flammes.

Un raccourci dans le temps : J'ai bien aimé, sauf qu'on ne dit pas ce qui me paraît le plus important : est-ce que Meg a une belle poitrine ou pas ? À mon avis, oui, étant donné qu'elle a déjà des lunettes et un appareil. Ce n'est pas possible qu'elle soit en plus plate comme une limande. Ce serait trop cruel.

Emmanuelle : Quand j'étais en primaire, ma meilleure amie et moi, on a trouvé un exemplaire de ce livre à côté d'une poubelle, dans la 3e Rue Est. On l'a lu à voix haute à tour de rôle. C'était très, très bien. Du moins, les passages dont je me souviens. Mais ma mère nous a surprises un jour en train de le lire et elle l'a confisqué. Du coup, on n'a jamais pu le finir.

Les livres qui craignent[1]

La Lettre écarlate : Vous savez ce qui aurait été cool ? Qu'on avance dans le temps brusquement

1. Mrs. Spears, j'espère que craindre est transitif si je l'emploie dans ce sens.

et qu'un terroriste, comme ceux que Bruce Willis pourchasse dans *Piège de cristal,* lâche une bombe nucléaire sur la ville où vivent Arthur Dimmesdale et toute cette bande de *losers.* Sinon, je ne vois pas comment ce livre pourrait être intéressant.

Notre ville : Bon d'accord, c'est une pièce de théâtre et pas un roman. Tout ce que je peux dire, en gros, c'est qu'à notre mort, on découvre tous que personne n'en avait rien à faire de nous, et qu'on est de toute façon toujours seul. Super ! Merci ! Je me sens nettement mieux !

Le Moulin sur la Floss : Je ne voudrais pas vendre la mèche, mais à la moitié du livre, quand ça commence enfin à devenir intéressant avec toutes ces histoires d'amour (pas comme dans *Emmanuelle,* quand même, faut pas rêver), un personnage hyper important MEURT. Si vous voulez mon avis, c'est un raccourci de l'auteur, parce qu'elle avait peur de ne pas rendre son manuscrit à temps.

Anne... La Maison aux pignons verts : Tout ce bla-bla-bla sur l'imagination. J'ai essayé d'imaginer des poursuites en voiture ou des explosions, qui auraient amélioré ce livre, mais je dois être comme les amies d'Anne : je manque terriblement d'imagination, parce que je n'y suis pas arrivée.

La Petite Maison dans la prairie : Au secours ! J'ai toute la collection (97 livres), parce que les gens n'ont pas arrêté de m'en offrir quand j'étais petite. Tout ce que j'ai à dire, c'est que si Laura vivait à Manhattan, elle se serait fait botter le vous-savez-quoi depuis longtemps.

Jeudi 11 décembre

Le cours de gym a été annulé !

À la place, on a une réunion.

Mais ce n'est pas en prévision d'une rencontre sportive. Pas du tout ! Il n'y a pas de pom-pom girls en vue. C'est-à-dire qu'elles sont là, mais sans leur uniforme. Elles sont assises, comme nous, sur les gradins du gymnase. Enfin, pas vraiment comme nous, puisqu'elles occupent les meilleures places et qu'elles n'arrêtent pas de se bousculer pour voir qui va s'asseoir à côté de Justin Baxendale. Apparemment, Justin Baxendale est sur le point de détrôner Josh Richter dans la catégorie « beaux gosses ».

Bref, on est tous là parce qu'une infraction au règlement du lycée a été commise, un acte de pur vandalisme, qui a ébranlé la confiance que la principale et les professeurs avaient en nous. C'est pourquoi ils ont décidé d'organiser cette réunion afin de mieux nous exprimer à quel point ils ont le sentiment d'avoir été – comme Lilly vient de me le souffler à l'oreille – trahis.

Et quel est donc cet acte qui révolte autant la principale et ses acolytes ?

Que quelqu'un se soit amusé à tirer sur l'alarme d'incendie hier.

Je tiens à préciser que je n'ai jamais fait de grosses bêtises jusqu'à présent – bon d'accord, j'ai jeté une aubergine de la fenêtre du seizième étage il y a deux mois, mais personne n'a été blessé – et que jamais je ne commettrais un acte qui pourrait par exemple entraîner la mort de quelqu'un.

Mais j'avoue qu'il y a quelque chose d'assez gratifiant dans le fait de voir toutes ces personnes prendre la parole pour décrier mon comportement.

Cela dit, je ne me sentirais peut-être pas aussi bien si je m'étais fait attraper.

On est en train de me demander de me livrer. Apparemment, la culpabilité va me ronger pendant toute ma jeunesse et peut-être même pendant toute ma vie.

O.K. Est-ce que je peux vous dire que je ne penserai certainement PAS au lycée quand je serai adulte. Je serai bien trop occupée à sauver des baleines au côté de Greenpeace pour me soucier d'une stupide alarme d'incendie sur laquelle j'ai tirée quand j'étais en seconde.

La principale est en train d'offrir une récompense à celui ou à celle qui l'aidera à identifier l'auteur d'un crime aussi odieux. Une récompense ! Et vous savez ce que c'est ? Un billet gratuit pour aller au Sony Imax. C'est tout ce que je vaux ! Un billet de cinéma gratuit !

La seule personne qui pourrait me dénoncer n'écoute même pas. D'où je suis, je peux voir que Justin Baxendale a sorti sa Gameboy. Il a coupé le son pour jouer, mais ça m'étonnerait qu'il voie grand-chose avec Lana et ses copines qui sont penchées par-dessus son épaule et qui doivent probablement haleter si fort que l'écran est couvert de buée.

À mon avis, Justin n'a pas fait le rapprochement entre le fait de m'avoir vue dans le couloir et le déclenchement de l'alarme d'incendie. Et avec un peu de chance, il ne le fera jamais.

Pour Mr. Gianini, c'est une autre histoire. Il est en train de parler avec Mrs. Hill. Je ne pense pas qu'il lui ait dit qu'il me soupçonnait.

Mais peut-être qu'il ne me soupçonne pas, après tout. Peut-être qu'il pense que c'est Lilly, et que je sais que c'est Lilly. C'est possible. En tout cas, ça se voit que Lilly regrette de ne pas l'avoir fait. Elle n'arrête pas de marmonner et de dire que, si elle trouve le criminel, elle le tue.

Elle est jalouse, évidemment. Parce que, maintenant, l'affaire prend des allures de déclaration politique, au lieu d'être ce qu'elle était à l'origine : un moyen d'empêcher justement une déclaration politique.

La principale nous regarde tous successivement d'un air sévère. Elle dit que c'est tout à fait naturel de vouloir exprimer son angoisse juste avant des évaluations, mais elle espère qu'on canalisera notre énergie autrement, et de façon plus positive, comme participer à la collecte « Donnez votre petite monnaie », qu'organise le Club des œuvres sociales au profit des victimes de Fred, le cyclone tropical qui a inondé plusieurs comtés du New Jersey en novembre dernier.

Ah ! Comme si nous débarrasser de notre petite monnaie allait nous apporter la même excitation qu'être à l'origine d'un acte de désobéissance civile décidé sur un coup de tête.

Liste des dix meilleurs films de tous les temps
par Lilly Moscovitz
(avec les commentaires de Mia Thermopolis)

Un monde pour nous : passionné de boxe française, Lloyd Dobler, interprété par John Cusack (quand va-t-il être candidat à la présidence ? Il est temps qu'on ait un type un peu mignon à la tête de la Maison Blanche !), est secrètement amoureux de la tête de la promo (Ione Skye), qui ne tarde pas à découvrir ce qu'on sait depuis longtemps : toutes les filles rêvent de sortir avec Lloyd. Pourquoi ? Parce qu'il nous comprend ou cherche à nous protéger des débris de verre sur le parking du *Seven Eleven*. Vous faut-il d'autres raisons ? (*Il y a aussi dans le film cette chanson qui est devenue un classique* : Joe Lies.)

Reckless : Un rebelle des bas-fonds (Aidan Quinn) tombe amoureux d'une pom-pom girl (Daryl Hannah), issue d'une famille hyper riche. Un exemple classique du combat des ados pour rompre le joug des attentes parentales. (*En plus, on voit le vous-savez-quoi d'Aidan Quinn !*)

Recherche Susan désespérément : une femme au foyer qui s'ennuie dans sa banlieue trouve l'homme de ses rêves dans East Village. Ce film est un manifeste des années 80 sur les droits des femmes. On y voit, entre autres, Madonna et cette fille qui joue Jackie, la sœur de Roseanne. (*Il y a aussi Aidan Quinn, dans le rôle du type sexy d'East Village, sauf qu'on ne voit pas vraiment son vous-savez-quoi dans le film. En revanche, on voit ses fesses !*)

LadyHawke : Une terrible malédiction pèse sur l'amour impossible de deux amants. Seul Matthew Broderick peut la briser. Rutger Hauer interprète le rôle de Navarre, un chevalier qui ne vit que pour se venger de l'homme qui a abusé de sa douce Isabeau (Michelle Pfeiffer). Une histoire d'amour élégante et émouvante. (*Qu'est-il arrivé aux cheveux de Matthew Broderick ?*)

Dirty Dancing : Baby, une adolescente pourrie gâtée, apprend bien plus que le cha-cha-cha avec le prof de danse aux cheveux longs qui anime le camp de vacances où elle se trouve. Un conte classique sur le passage à l'âge adulte dans les Catskills, avec d'importants messages sur le système de classe aux États-Unis. (*Sauf qu'on ne voit les fesses de personne.*)

Flashdance : Soudeuse la journée et danseuse de cabaret le soir, Alex (Jennifer Beals) se bat pour son indépendance et pour réaliser son rêve : danser au conservatoire de Pittsburgh. (*Mais avant, elle couche avec son patron hyper sexy, Michael Nouri, et balance une énorme pierre à travers sa fenêtre !*)

Le Feu sur la glace : Un ex-hockeyeur super beau (D.B. Sweeney) a pour partenaire une jeune patineuse bégueule et hyper riche (Moira Kelly) dans une improbable quête pour la médaille d'or aux Jeux olympiques. Intéressant pour la construction stratégique de la tension sexuelle à travers le patinage. (*Comment ils font le double salchow ?*)

Some Kind of Wonderful : La victoire du garçon manqué, Mary Stuart Masterson, sur la pénible

Lea Thompson pour gagner le cœur d'Eric Stolz. Comme d'habitude, John Hughes comprend bien la structure psychosociale des ados. (*Dernier film dans lequel Eric Stolz est mignon.*)

Génération 90 : Qui la réalisatrice indépendante Winona Ryder va choisir ? Le fainéant mais beau Ethan Hawke ou le fonceur et toujours rasé de près Ben Stiller ? (*C'est évident !*)

Footloose : Un étranger s'oppose à la mentalité puritaine d'une petite ville, où il est interdit de danser. Avec Kevin Bacon, qui sauve Lori Singer de son péquenaud de petit ami. Particulièrement remarquable pour la scène où Kevin Bacon prouve qu'il est loin d'être stupide en citant plusieurs passages de la Bible se rapportant à la danse. (*Dans* Sex Crimes *et* Hollow man, *on voit le vous-savez-quoi de Kevin Bacon.*)

Jeudi 11 décembre, pendant l'étude dirigée

J'ai déjeuné avec Kenny au *Big Wong* aujourd'hui.

Je n'ai pas grand-chose à dire, sauf qu'il ne m'a toujours pas proposé d'aller au bal avec lui. En plus, j'ai l'impression que sa passion s'est un peu refroidie depuis mardi.

En fait, je le sentais venir. Kenny a cessé de

m'appeler tous les jours après les cours et le dernier mail qu'il m'a envoyé date d'avant la grande débâcle de la patinoire. Il dit que c'est parce qu'il est très occupé avec les révisions, mais à mon avis, il y a autre chose.

Il sait. Il sait pour Michael.

C'est évident.

Bon d'accord, il ne sait peut-être pas exactement pour Michael, mais il doit savoir que ce n'est pas lui qui allume le feu en moi.

Au cas où un feu brûlerait en moi, bien sûr.

Non, Kenny est juste sympa.

Ce que j'apprécie, ça va de soi, sauf que je préférerais qu'il exprime sa jalousie. Toute cette gentillesse, toute cette sollicitude, ça me culpabilise encore plus. Qu'est-ce que je peux faire, franchement ? Comment ai-je pu accepter d'être sa petite amie tout en sachant que j'en aimais un autre ? À la limite, Kenny serait tout à fait en droit d'appeler la rédaction du magazine *Majesty* et de tout raconter. Ça s'appellerait « Trahison royale ». Parole, je comprendrais s'il le faisait.

Mais il ne le fera pas. Parce qu'il est trop gentil.

Bref, il a commandé des boulettes de légumes pour moi et un sandwich au porc pour lui (la preuve qu'il m'aime moins qu'avant, puisqu'il s'est remis à manger de la viande), et il m'a parlé de bio et du discours de la principale (je ne lui ai pas dit que c'était moi qui avais tiré sur l'alarme d'incendie ; de toute façon, il ne me l'a pas demandé, ce qui fait que je n'ai pas eu besoin de cacher mes narines). Il m'a répété qu'il était désolé pour ma langue et m'a demandé comment je m'en sortais en maths et si je voulais qu'il me donne des cours particuliers, même si je vis sous le même toit qu'un prof de maths. Mais bon, c'est clair qu'il a dit ça par pure gentillesse.

Et c'est pour ça que je me sens si mal. À cause de ce que je vais devoir faire après les évaluations.

En même temps, il ne m'a pas proposé d'aller au bal.

Je ne sais pas si ça veut dire qu'on n'y va pas, ou s'il pense que c'est évident qu'on y va ensemble.

Franchement, je ne comprends rien aux garçons.

En attendant, si mon déjeuner avec Kenny n'était pas terrible, l'étude dirigée n'est pas mieux. D'accord, Judith Gershner n'est pas là, mais Michael non plus. Il a disparu. Personne ne sait où il est. Quand Mrs. Hill a fait l'appel, Lilly a répondu que son frère était aux toilettes.

Je me demande où il est passé. Lilly dit que, depuis qu'il s'est lancé dans ce logiciel qu'il veut présenter à la kermesse, elle ne le voit pratiquement plus.

Ce qui ne doit pas beaucoup la changer puisque Michael ne sort pratiquement jamais de sa chambre. Mais bon, il faut bien qu'il rentre chez lui pour réviser un peu, non ?

Cela dit, comme il sait déjà qu'il sera pris à Columbia l'année prochaine, qu'est-ce qu'il en a à faire des évaluations ?

En plus, comme Lilly, Michael est un génie. Je ne vois pas à quoi ça lui servirait de réviser.

En revanche, à moi, ça peut servir.

Pourquoi n'ont-ils pas remis la porte du placard ? J'ai énormément de mal à me concentrer avec Boris qui fait grincer son violon. Lilly dit que c'est une nouvelle tactique de l'administration et des professeurs pour affaiblir notre résistance et nous maintenir dans l'état d'hébétude où ils rêvent de nous voir à jamais. Personnellement, je pense que ça a plutôt un rapport avec le fait qu'on a un jour oublié Boris dans le placard et qu'il y est resté enfermé jusqu'à ce que le gardien l'entende appeler au secours.

Si on y réfléchit bien, c'est la faute de Lilly. Après tout, c'est sa petite amie. Elle devrait faire un peu plus attention à lui.

Devoirs :

Maths : révisions générales.
Anglais : devoir à rendre.
Histoire : révisions générales.
Français : révisions générales.
Biologie : révisions générales.

Jeudi 11 décembre, 9 heures du soir

Grand-Mère a complètement perdu la boule. Ce soir, elle m'a demandé de lui réciter le nom et les fonctions de tous les ministres du gouvernement de mon père. Non seulement, je dois savoir exactement ce qu'ils font, mais je dois connaître aussi leur situation de famille et le nom et l'âge de leurs enfants, s'ils en ont. Il s'agit des enfants avec qui je suis censée passer Noël au palais. À mon avis, ils vont me détester autant, si ce n'est plus, que le neveu et la nièce de Mr. Gianini.

Résultat, je suis condamnée à passer le restant de mes vacances en compagnie d'enfants qui me détestent.

Vous savez quoi ? J'aimerais leur dire à tous que ce n'est pas ma faute si je suis princesse. J'ai tout fait pour continuer à vivre normalement : j'ai refusé d'être en couverture de *Cosmo,* de *Génération ado* et de *Jeune et jolie,* d'animer des émissions radio, de présenter des D.V.D., et quand le maire de New York m'a demandé si je voulais inaugurer le feu d'artifice à Times Square, le soir de la Saint-Sylvestre, je lui ai dit non (mis à part le fait que je serai de toute façon à Genovia le 31 décembre, je lui ai fait remarquer que la pulvérisation d'insecticides dans sa campagne d'éradication des moustiques susceptibles d'être porteurs du virus du Nil occidental a contaminé la population locale des crabes de Moluques. Un composé dans le sang des crabes de Moluques, qui sont très répandus sur nos côtes atlantiques, est utilisé pour tester la pureté des médicaments et des vaccins administrés sur le sol américain. Les crabes sont ramassés, vidés du tiers de leur sang puis relâchés dans la mer... où ils meurent, ainsi que d'autres arthropodes, comme les homards, à cause des pesticides qui se trouvent dans l'eau).

Bref, tout ce que je dis, c'est que les enfants qui me détestent devraient un peu se calmer, parce que je n'ai jamais demandé à être sous les feux de la rampe. Je n'ai même jamais donné de conférence de presse.

Mais je digresse.

Sebastiano était là et, pendant que je récitais ma

liste de noms (Grand-Mère a fabriqué des cartes avec les photos des ministres du gouvernement, un peu comme les cartes des boys bands qu'on trouve dans les paquets de chewing-gum, sauf que les ministres de Genovia ne portent pas autant de cuir), je me demandais si finalement je m'étais peut-être trompée sur son compte et sa passion de la mode. Qui sait si Sebastiano n'était pas juste là pour récolter quelques tuyaux avant de me pousser sous les roues d'une limousine ?

Mais quand Grand-Mère a fait une pause pour répondre au téléphone (c'était son vieil ami, Imelda Marcos), il s'est mis à me poser des tas de questions sur les vêtements, en particulier sur ce que mes amis et moi, on aime porter. Qu'est-ce que je pensais, par exemple, des pantalons en velours stretch ? Des bustiers en spandex ? Des paillettes ?

Je lui ai répondu que c'était très bien pour Halloween, mais qu'en général, je préférais le coton pour les vêtements de tous les jours. Sebastiano a eu l'air déçu. Du coup, je lui ai dit qu'à mon avis l'orange serait le prochain rose. Ça l'a tout de suite ragaillardi et il s'est mis à prendre des tas de notes dans le petit carnet qu'il trimballe tout le temps avec lui. Un peu comme moi, finalement.

Quand Grand-Mère a raccroché, je l'ai informée – avec beaucoup de diplomatie, je dois dire –

qu'étant donné les progrès qu'on avait faits au cours des trois derniers mois, je me sentais plus que prête à affronter le peuple de Genovia et que ce n'était peut-être pas nécessaire que je vienne la semaine prochaine, d'autant plus que je devais réviser pour les évaluations.

Grand-Mère n'a pas apprécié du tout ! Elle s'est exclamée : « D'où sors-tu cette idée que tes études sont plus importantes que ton apprentissage de la royauté ? De ton père, certainement ! Avec lui, il n'y a que cela qui compte : les études, les études et les études. Il ne se rend pas compte qu'elles ne sont rien comparées au maintien.

— Grand-Mère, ai-je dit, je dois faire des études si je veux gouverner correctement. »

Surtout, si je transforme le palais en un gigantesque abri pour animaux. Mais comme je ne pourrai pas le faire avant la mort de Grand-Mère, j'ai pensé qu'il était inutile de lui en parler pour l'instant... ou même de lui en parler tout court.

Grand-Mère a marmonné plusieurs gros mots en français, ce qui n'était pas très digne d'une princesse douairière, si vous voulez mon avis. Mais bon, comme mon père est arrivé à ce moment-là – il cherchait sa médaille de l'armée de l'air de Genovia parce qu'il a un dîner officiel à l'ambassade, ce soir –, j'en ai profité pour lui parler des évaluations et lui demander s'il était d'accord pour que je sois dispensée de leçons de princesse la semaine prochaine afin de pouvoir réviser.

« Mais bien sûr, Mia », m'a-t-il répondu.

Grand-Mère a aussitôt protesté et mon père a déclaré : « Voyons, mère, si Mia n'a pas encore compris ce qu'on attendait d'elle, elle ne le comprendra jamais. »

Grand-Mère a serré les lèvres et n'a plus parlé après ça. Sebastiano, lui, a saisi l'occasion pour me demander mon sentiment sur la soie artificielle. Je lui ai répondu que je n'en avais jamais eu.

Et, pour une fois, je disais la vérité.

Vendredi 12 décembre, en perm

Ce que je dois faire :

Cesser de penser à Michael.

Cesser de parler de ma vie personnelle à Grand-Mère.

Essayer d'être :

— Mature ;

— Responsable ;

— Royale.

Arrêter de me ronger les ongles.

Noter tout ce que maman et Mr. G. doivent savoir pour bien s'occuper de Fat Louie pendant mon absence.

CADEAUX POUR NOËL ET HANOUKA.

Arrêter de regarder *Alerte à Malibu* quand je suis censée réviser.

Cesser de jouer à *Pod-Racer* quand je suis censée réviser.

Cesser d'écouter de la musique quand je suis censée réviser.

Casser avec Kenny.

Vendredi 12 décembre,
dans le bureau de la principale

Bon. Je suppose que c'est officiel maintenant.

Je suis une jeune délinquante.

Je parle sérieusement. L'histoire de l'alarme d'incendie n'était qu'un début, apparemment.

Je ne sais pas ce que je vais devenir, mais j'ai l'impression que plus la date de mon voyage à Genovia approche, moins je me comporte en princesse.

Je me demande si je vais être renvoyée du lycée.

Si c'est le cas, ce serait vraiment injuste. Tout ça, c'est à cause de Lana. On était en maths et j'écoutais Mr. G. nous parler du repère cartésien quand tout à coup, Lana s'est retournée et a posé un exemplaire de *U.S.A. Today* sur ma table. À la une, on pouvait lire :

LE SONDAGE DU JOUR

Vos princes et princesses préférées

Cinquante-sept pour cent de nos lecteurs ont choisi le prince William d'Angleterre comme étant leur tête couronnée préférée. Vient ensuite Harry, le petit frère de William avec 28 %. Notre princesse américaine, la princesse Mia Renaldo de Genovia, arrive en troisième position, avec 13 %. Le prince Andrew et les filles de Sarah Ferguson, Beatrice et Eugenie, n'ont obtenu chacun que 1 %.

Quelles sont les raisons pour lesquelles la princesse Mia obtient un si mauvais score ? « On ne la voit jamais » est la réponse la plus fréquente. En fait, la princesse Mia est perçue comme étant aussi timide que la princesse Diana – la mère de William et de Harry –, lorsqu'elle s'est retrouvée pour la première fois sous les feux des projecteurs.

La princesse Mia, qui a appris récemment qu'elle était l'héritière de Genovia, une petite principauté sur la Côte d'Azur, doit se rendre dans son pays la semaine prochaine pour sa première visite officielle.

D'après le porte-parole de la princesse, celle-ci a hâte de rencontrer son peuple. La princesse poursuivra ses études aux États-Unis et ne résidera à Genovia que durant les mois d'été.

J'ai lu l'article puis je l'ai rendu à Lana et je lui ai dit : « Et alors ? »

Lana m'a répondu : « Alors, je me demande ce que les gens vont penser, surtout les habitants de Genovia, quand ils découvriront que leur future monarque s'est amusée à tirer sur une alarme d'incendie quand il n'y avait pas le feu. »

Elle avait dit ça par hasard, bien sûr. Elle ne m'avait pas vue. À moins que...

À moins que Justin Baxendale ait fini par comprendre et qu'il lui en ait parlé...

Non, ce n'est pas possible. Je ne fais tellement pas partie du monde de Justin Baxendale qu'il sait à peine que j'existe. Il ne peut pas avoir parlé à Lana.

Lana, comme Mr. G., s'est seulement dit que c'était curieux qu'en ce mercredi fatal l'alarme d'incendie se soit déclenchée deux minutes après que je fus sortie de la classe pour aller aux toilettes.

Mais même. Même si l'idée n'avait fait que lui traverser l'esprit, j'avais l'impression que Lana savait et qu'elle n'allait pas me lâcher.

Je ne sais pas ce qui m'a pris alors. Je ne sais pas si c'est :

Le stress des évaluations.

Mon voyage imminent à Genovia.

Cette histoire avec Kenny.

Le fait que suis amoureuse d'un garçon qui sort avec une mouche humaine.

Le fait que ma mère va accoucher du bébé de mon prof de maths.

Le fait que Lana me persécute depuis toujours et qu'elle n'est pas près d'arrêter.

L'ensemble de toutes ces raisons.

Bref, toujours est-il que j'ai craqué. C'est aussi simple que ça. J'ai attrapé le téléphone portable de Lana qui se trouvait sur sa table, je l'ai jeté par terre et je l'ai écrasé avec le talon de mes Doc.

Je suppose que je ne peux pas vraiment en vouloir à Mr. G. de m'avoir envoyée chez la principale.

Mais bon. On aurait pu s'attendre à un peu plus de compassion de la part de son beau-père.

Oh, oh. Voilà la principale.

Vendredi 12 décembre, 5 heures, dans ma chambre

Et voilà, c'est fait. Je suis renvoyée du lycée.

Je n'arrive pas à y croire. MOI ! Mia Thermopolis ! Que m'est-il arrivé ? J'étais si sage avant !

Bon d'accord, je ne suis renvoyée qu'un jour seulement, mais quand même. En plus, ça va être inscrit sur mon livret ! Qu'est-ce que les ministres de Genovia vont dire ?

Je suis en train de me transformer en Lindsay Lohan.

J'exagère. Je sais bien que ce n'est pas à cause d'un renvoi d'un jour dans le courant de mon premier trimestre au lycée que je ne serai jamais admise à l'université, mais avouez que c'est gênant ! La principale m'a traitée comme si j'étais une espèce de *criminelle* ou je ne sais quoi.

Et vous savez ce qu'on dit : quand on traite quelqu'un comme un criminel, il finit tôt ou tard par devenir un criminel. Du train où vont les choses, ça ne m'étonnerait pas que je porte d'ici peu des bas résille déchirés et que je me teigne les cheveux en noir. Qui sait si je ne vais pas me mettre à fumer aussi et à me faire percer plusieurs fois les oreilles ou l'arcade sourcilière. On tournera alors un film sur moi qui s'appellera *Scandale royal.* On m'y verra en train d'aborder le prince Wiliam en lui disant : « Alors, Du Schnock, c'est qui la tête couronnée la plus populaire, hein ? »

Sauf que j'ai failli m'évanouir la première fois que je me suis fait percer les oreilles et que fumer est très mauvais pour la santé.

Bref, je n'ai pas vraiment l'étoffe d'une jeune délinquante.

C'est ce que pense mon père, aussi. Il est à deux doigts de poursuivre en justice la principale. Le seul problème, c'est que je refuse de lui expliquer – à lui ou à qui que ce soit, d'ailleurs – pourquoi je me suis déchaînée sur le téléphone portable de Lana. Du coup, ce n'est pas facile de prouver que l'agression est la conséquence d'un acte commis par l'agressé si l'agresseur ne dit pas quel était cet acte. Mon père m'a suppliée quand il est venu me chercher au lycée, après que la principale l'a appelé, mais quand il a vu que je tenais bon et que Lars s'efforçait en plus de regarder ailleurs, il a dit : « Très bien » et a serré les dents comme il fait quand Grand-Mère a bu trop de Sidecar et se met à l'appeler Boule-de-billard.

Comment voulez-vous que je lui raconte ce que Lana m'a dit ? Si je le fais, tout le monde saura que je suis coupable non pas d'un mais de deux crimes !

Résultat, je suis rentrée à la maison et j'ai regardé la télé avec ma mère. Elle ne travaille pratiquement plus à son atelier depuis qu'elle est enceinte et comme ce n'est pas évident de peindre allongée, elle fait des croquis depuis son lit. Fat Louie lui sert de modèle. J'ai l'impression qu'il aime bien que quelqu'un lui tienne compagnie dans la journée parce qu'il passe des heures sur le lit de ma mère à regarder les pigeons par la fenêtre de sa chambre.

Mais vu que je suis à la maison aujourd'hui, c'est moi que ma mère a dessinée. Je trouve qu'elle m'a fait une trop grosse bouche, mais je ne le lui ai pas dit. Mr. Gianini et moi, on s'est aperçus qu'il valait mieux ne pas trop la contrarier en ce moment, à cause de son état hormonal. À la moindre critique – comme quand on lui demande, par exemple, pourquoi elle a laissé la facture de téléphone dans le bac à légumes du frigo –, elle éclate en sanglots.

Bref, pendant qu'elle faisait mon portrait, j'ai regardé un super film à la télé. Ça s'appelle *Si près du danger* avec Tori Spelling de *Beverly Hills 90210*, dans le rôle d'une fille maltraitée par son fiancé. Franchement, je ne comprends pas pourquoi une femme reste avec un homme qui la bat. Ma mère dit que ça a à voir avec le respect de soi et la relation qu'on a eue avec son père. Sauf qu'elle, par exemple, elle ne s'est jamais entendue avec Pépé Thermopolis, mais si un type s'avise de la frapper, vous pouvez être sûr qu'elle l'envoie direct à l'hôpital. Allez comprendre.

Tout en faisant mon portrait, elle a essayé de me tirer les vers du nez en me demandant, l'air de rien, ce que Lana avait bien pu me dire pour que je me venge sur son portable. Rien qu'à sa voix, ça se voyait trop qu'elle cherchait à imiter les mères qu'on voit dans les téléfilms quand elles ont une conversation sérieuse avec leur fille.

Mais je suppose que ça a marché parce que, d'un seul coup, je me suis retrouvée à tout lui raconter : je lui ai parlé de Kenny, je lui ai dit que je n'aimais pas l'embrasser et qu'il s'en était plaint auprès de tout le monde, mais que de toute façon, j'avais décidé d'attendre la fin des évaluations pour rompre.

Je lui ai même parlé de Michael, de Judith Gershner, de Tina, des cartes anonymes, de la kermesse, de Lilly et de son Association des élèves en colère dont j'étais la secrétaire. Je lui ai tout raconté.

Sauf l'histoire de l'alarme d'incendie.

Ma mère avait arrêté de dessiner et se contentait de m'écouter en me regardant. Quand j'ai fini, elle m'a dit tout simplement : « Tu sais ce dont tu as besoin ?

— De quoi ? ai-je demandé.

— De vacances », m'a-t-elle répondu.

Et c'est comme ça qu'on s'est offert des petites vacances, là, sur son lit. Elle m'a interdit d'aller réviser, et à la place, elle m'a proposé de commander des pizzas. Après, on a regardé la fin de *Si près du danger* (ça se termine bien, mais si voulez mon avis, c'est totalement irréaliste). On a enchaîné ensuite sur *La Rivale*, avec Courtney Thorne-Smith dans le rôle de Miss Middle West. Courtney Thorne-Smith passe son temps au volant de sa Cadillac rose et tue des gens comme Tracey Gold (en plein dans les affres de son anorexie post-*Quoi de neuf, docteur ?*) parce qu'elle a fricoté avec son petit copain. Moi, ce que j'ai adoré dans ce film, c'est que le réalisateur se soit inspiré d'une histoire vraie.

Vous savez quoi, sinon ? Quand j'étais allongée à côté de ma mère, sur son lit, c'était presque comme avant. Avant qu'elle rencontre Mr. Gianini et que j'apprenne que j'étais princesse.

Sauf que ce n'était pas vraiment le cas, parce qu'elle est enceinte et que je suis renvoyée du lycée.

Mais je ne vais pas ergoter, hein ?

Vendredi 12 décembre, 8 heures, dans ma chambre

Je viens de vérifier ma boîte aux lettres électronique. Je suis inondée de messages de soutien de la part de mes amis !

Tous me félicitent d'avoir traité Lana Weinberger comme je l'ai fait. Ils trouvent que mon renvoi du lycée est injuste et m'encouragent à rester ferme dans mon refus de céder devant l'administration. (Quand est-ce que j'ai refusé de céder devant l'administration ? Tout ce que j'ai fait, c'est détruire un téléphone portable. Ça n'a rien à voir avec l'administration.) Lilly va jusqu'à me comparer à Mary, la reine des Écossais, qui a été emprisonnée puis décapitée par Elizabeth Ire.

Je me demande si Lilly penserait encore la même chose si elle savait que j'ai cassé le portable de Lana parce qu'elle menaçait de raconter que c'est moi qui suis à l'origine de l'exercice d'évacuation qui a gâché sa manifestation.

D'après Lilly, c'est une question de principe : j'ai été exclue de l'école pour avoir refusé de renoncer à mes croyances. Personnellement, je pense plutôt que j'ai été exclue pour avoir détruit la propriété de quelqu'un – et je l'ai fait pour couvrir un autre crime que j'ai commis.

Mais personne ne le sait. À part Lana et moi. Et encore, ce n'est pas sûr. Après tout, il pourrait s'agir d'un acte de violence gratuit, comme ceux dont on parle en ce moment dans les médias.

En tout cas, tous les autres semblent penser que c'est un acte politique. Demain, à la première réunion de l'Association des élèves en colère du lycée Albert-Einstein, mon cas sera présenté comme l'illustration de l'une des nombreuses décisions injustes de l'administration Gupta.

Et si je tombais brusquement malade ?

En attendant, j'ai répondu à tous mes amis pour les remercier de leur soutien et leur dire que ce n'était peut-être pas nécessaire d'accorder autant d'importance à ce que j'avais fait. La vérité, c'est que je ne suis pas très fière de moi. J'aurais nettement préféré ne PAS l'avoir fait et être en cours en ce moment.

À part ça, j'ai une bonne nouvelle : Michael a bien reçu les cartes que je lui ai envoyées. Tina est passée près de son casier aujourd'hui en allant en gym et elle l'a vu ranger la dernière carte dans son sac à dos ! Malheureusement, il paraît qu'il n'avait pas l'air particulièrement ému. En plus, il n'a même pas pris beaucoup de soin pour la ranger. Après l'avoir glissée dans son sac, il a entassé ses livres par-dessus. À tous les coups, la carte doit être toute froissée.

Tina s'est empressée de me dire que, s'il avait su qu'elle venait de moi, il n'aurait pas agi de la sorte. Si je l'avais signée...

Sauf que, si je l'avais signée, il aurait su que je l'apprécie. Pire, que je l'aime, puisque je crois me souvenir que dans ma première carte, j'ai mis *aimer.* Et s'il n'éprouvait pas la même chose pour moi ? Ce serait affreux ! Pire que d'être renvoyée du bahut.

Oh non ! Pile au moment où j'écrivais ça, j'ai vu que j'avais reçu un message de... Je vous le donne en mille : Michael ! Ça m'a fait un tel choc que j'ai réveillé en sursaut Fat Louie qui dormait sur mes genoux. Du coup, j'ai les marques de ses griffes sur les cuisses.

Voilà ce que Michael m'a écrit :

Le cerveau : Alors, Thermopolis, il paraît que tu as été renvoyée ?

J'ai répondu :

FtLouie : Pour un jour seulement.
Le cerveau : Qu'est-ce que tu as fait ?

FtLouie : J'ai cassé le téléphone portable d'une pom-pom girl.
Le cerveau : Tes parents doivent être fiers de toi.
FtLouie : Si c'est le cas, ils cachent bien leur jeu.
Le cerveau : Tu es privée de sortie ?
FtLouie : Non. Parce que je n'ai fait que répondre à une provocation.
Le cerveau : Donc tu vas à la kermesse la semaine prochaine ?
FtLouie : En tant que secrétaire de l'Association des élèves en colère du lycée Albert-Einstein, je crois que ma présence est obligatoire. Ta sœur veut qu'on tienne un stand.
Le cerveau : Ça ne m'étonne pas de Lilly. Elle cherche toujours à défendre l'intérêt de l'humanité.
FtLouie : C'est une façon de dire les choses.

On aurait probablement continué à bavarder tous les deux si ma mère n'avait pas hurlé pour que je me déconnecte. Elle a peur que Mr. Gianini cherche à nous téléphoner. C'est bizarre, il est plus de 8 heures et il n'est pas encore rentré.

C'est la deuxième fois que Michael me demande si je vais à la kermesse. Pourquoi tient-il autant à le savoir ?

Vendredi 12 décembre, 9 heures, dans ma chambre

On sait maintenant, ma mère et moi, pourquoi Mr. Gianini est rentré aussi tard.

Il s'est arrêté en chemin pour acheter un sapin de Noël.

Mais pas n'importe lequel. Son sapin doit faire plus de trois mètres de haut et au moins deux de large.

Je n'ai rien dit de désobligeant. Ma mère avait l'air tellement heureuse. Elle a sorti toutes ses décorations de Noël. Sauf que les siennes n'ont rien à voir avec celles qu'on a l'habitude de voir, comme les boules ou les guirlandes. Ma mère fabrique ses propres décorations de Noël. Elle peint sur des boîtes de conserve le visage des célébrités qui sont mortes dans l'année et c'est ça qu'elle accroche dans l'arbre. On doit probablement être la seule famille d'Amérique à avoir des décorations de Noël qui commémorent Richard et Pat Nixon, Elvis, Audrey Hepburn, Kurt Cobain, Jim Henson, John Belushi, Rock Hudson, Alec Guinness, Divine, John Lennon et plein d'autres encore.

Mr. Gianini n'arrêtait pas de me jeter des coups d'œil pour voir si ça me faisait plaisir, à moi aussi.

Il m'a dit qu'il avait acheté cet arbre pour égayer ma journée.

C'est clair que Mr. G. n'a pas lu mon devoir d'anglais.

Mais qu'est-ce que je pouvais lui répondre ? Il l'avait déjà acheté, son sapin, et, vu la taille, il a dû le payer une fortune. Il a fait ça par pure gentillesse.

En même temps, j'aimerais bien que les gens autour de moi me consultent de temps en temps avant de prendre des initiatives. Je pense au bébé, par exemple, ou au sapin. Si Mr. G. m'avait demandé mon avis, je lui aurais proposé d'aller chez Big Kmart, à Astor Place, et d'acheter un bel arbre en plastique. Comme ça, on n'aurait pas contribué à la destruction de l'habitat naturel de l'ours polaire.

Sauf qu'il ne m'a pas demandé mon avis.

Mais vous savez quoi ? Même s'il l'avait fait, ma mère n'aurait pas été d'accord. Ce qu'elle adore dans Noël, c'est se coucher par terre, la tête sous le sapin, et regarder les branches en humant l'odeur piquante du pin. Elle dit que c'est le seul souvenir d'enfance qu'elle aime se remémorer.

Difficile de penser aux ours polaires quand votre mère dit des trucs pareils, non ?

Samedi 13 décembre, 2 heures, chez Lilly

La première réunion de l'Association des élèves en colère du lycée Albert-Einstein est un véritable fiasco.

Personne n'est venu à part Boris Pelkowski et moi. J'avoue que je suis un peu vexée que Kenny ne soit pas là. C'est vrai, quoi. S'il m'aimait vraiment, il profiterait de toutes les occasions pour être près de moi, comme assister à une réunion de l'Association des élèves en colère du lycée Albert-Einstein.

Tout compte fait, je ne pense pas que Kenny soit aussi amoureux qu'il le dit. Autant regarder la vérité en face : le bal a lieu dans six jours exactement, et IL NE M'A TOUJOURS PAS PROPOSÉ DE L'ACCOMPAGNER.

Attention. Je ne suis pas en train de dire que ça m'embête. Après tout, qu'est-ce qu'une fille qui est capable de tirer sur une alarme d'incendie ET de casser le portable de Lana Weinberger en a à faire d'un stupide bal ?

Bon d'accord. J'avoue : ça m'embête.

Mais pas au point d'aller le supplier pour qu'il m'invite. Il peut courir.

Lilly n'arrête pas de pleurer. J'ai eu beau lui dire

que les autres membres de l'association n'avaient sans doute pas pu se libérer à cause des révisions, ça n'a servi à rien. Elle est assise sur son lit en ce moment. Boris est à côté d'elle et lui parle tout doucement. Boris a peut-être plein de défauts – il continue de rentrer son pull dans son pantalon et son orthodontiste lui fait porter un appareil bizarre –, mais on ne peut pas lui reprocher de ne pas aimer Lilly. Si vous voyiez comment il la regarde pendant qu'elle sanglote.

Ça me fait mal de les voir tous les deux comme ça.

Je dois être jalouse. J'aimerais tellement qu'un garçon me regarde comme ça. Je ne parle pas de Kenny. Je parle d'un garçon que j'aimerais plus qu'un copain.

Je n'en peux plus. Je vais aller dans la cuisine voir ce que fabrique Maya, la femme de ménage des Moscovitz. Je préfère l'aider à faire la vaisselle que rester ici.

Samedi 13 décembre, 2 h 30, dans la chambre de Michael

Maya n'était pas dans la cuisine. Elle est ici, dans la chambre de Michael, et elle range son uniforme d'école qu'elle vient de finir de repasser. Tout en ramassant les affaires de Michael, elle me parle de son fils, Manuel. Grâce à l'intervention des Moscovitz, Manuel a été récemment relâché de la prison en République dominicaine où il était détenu à tort après avoir été soupçonné de vouloir nuire au gouvernement. Depuis, Manuel a fondé son propre parti politique. Maya est super fière de lui, sauf qu'elle a peur qu'il retourne en prison s'il ne modère pas un peu ses discours antigouvernementaux.

Finalement, Lilly et Manuel ont plein de points communs.

Tout ce que Maya me raconte sur son fils est très intéressant, je ne dis pas le contraire, mais je trouve qu'être dans la chambre de Michael est plus intéressant. Je suis déjà venue, bien sûr, mais c'est la première fois que j'y suis en son absence (Michael est au lycée où il travaille à son logiciel pour la kermesse ; j'ai cru comprendre que le modem du lycée est plus rapide que le sien. Et j'imagine aussi, même si ça me fait mal, que Judith Gershner est à ses côtés en ce moment et qu'ils téléchargent leur programme ensemble sans crainte d'être interrompus par les parents).

Bref, je suis allongée sur le lit de Michael pendant que Pavlov, le chien des Moscovitz, me lèche la figure et que Maya va et vient tout en pliant des chemises et en me parlant du sucre (l'une des principales exportations de son pays et apparemment la source d'un trafic frauduleux, d'après le parti politique de son fils). Je ne peux pas m'empêcher de me dire : *Je suis dans la chambre de Michael, voilà ce qu'il voit quand il lève les yeux la nuit* (Michael a collé des étoiles phosphorescentes sur son plafond qui représentent la galaxie spirale d'Andromède), *je sens le parfum de ses chemises* (fraîcheur printanière, grâce à la lessive que Maya utilise), *voilà la vue qu'il a de son bureau quand il est couché dans son lit.*

Et c'est comme ça, en regardant son bureau, que j'ai aperçu... l'une de mes cartes ! Celle avec la fraise !

Bon d'accord, elle n'est pas particulièrement exposée, elle traîne dans un coin, mais elle n'est pas non plus froissée au fond de son sac ! Ça veut dire qu'elle signifie quelque chose pour lui, puisqu'il ne l'a pas fourrée sous ses affaires – ses manuels d'informatique et sa littérature anti-Microsoft –, ou, pire, ne l'a pas jetée.

C'est bon signe, non ?

Oh, oh. J'entends du bruit. Est-ce que ce serait Michael, par hasard ???? Ou les Moscovitz ???? Je ferais mieux de filer. Michael n'a pas écrit sur la porte de sa chambre « Interdit d'entrer sous peine de représailles » pour rien.

Samedi 13 décembre, 3 heures, dans la suite de Grand-Mère au Plaza

Vous vous demandez comment j'ai fait pour passer de chez les Moscovitz au *Plaza* en l'espace d'une demi-heure ?

Je vais vous le dire.

Une catastrophe a eu lieu et elle s'appelle Sebastiano.

J'ai toujours pensé que Sebastiano n'était pas uniquement le jeune homme innocent et doux qu'il prétendait être. Mais s'il y a un meurtre dont il va devoir se soucier à présent, c'est le sien. Parce que si mon père lui met la main dessus, c'en est fini de sa carrière de styliste.

Cela dit, je me demande si je n'aurais pas préféré au bout du compte qu'il me tue tout simplement. Je serais morte et c'est dommage – surtout que je n'ai toujours pas noté les instructions pour s'occuper de Fat Louie pendant mon absence –, mais, au moins, je ne serais pas obligée d'aller au lycée lundi.

Maintenant, non seulement je vais devoir aller au lycée lundi, mais je vais devoir y aller sachant que tous les gens de ma classe auront vu le supplément du *Sunday Times* où figurent VINGT PHOTOS DE MOI posant devant un miroir à trois faces dans des robes dessinées par Sebastiano. Ça s'appelle : « Une collection digne d'une princesse ».

Oui, vous avez bien lu. Une collection digne d'une princesse.

Je ne peux pas vraiment lui en vouloir. À Sebastiano, je veux dire. L'occasion était trop belle pour la laisser passer. Après tout, c'est un homme d'affaires, et avoir une princesse qui présente sa collection... ça peut rapporter des millions.

Parce que, évidemment, tous les autres magazines vont s'empresser de reprendre l'affaire. La princesse de Genovia fait ses débuts de mannequin, ce genre de chose, quoi.

Du coup, grâce à ces photos, Sebastiano va bénéficier d'une campagne de pub mondiale pour sa nouvelle collection.

Une collection que je semble approuver.

Grand-Mère ne comprend pas pourquoi papa et moi, on est fous de rage. En fait, ce n'est pas tout à fait exact. Elle comprend que papa soit en colère parce qu'on « s'est servi de sa fille », comme il dit, mais elle ne comprend pas pourquoi je suis aussi malheureuse. Elle n'arrête pas de me répéter : « Mais tu es magnifique sur ces photos ! »

Ben voyons. Comme si ça allait aider.

Grand-Mère pense que j'en fais trop. Mais est-ce que j'ai déjà laissé entendre que je voulais être une deuxième Gisele Bündchen ? NON. La mode, ce n'est pas mon truc. Moi, je suis plutôt branchée environnement. Droit des animaux. Crabes des Moluques. Elle y a pensé aux CRABES DES MOLUQUES ?????

Les gens ne vont pas croire que je n'ai pas posé pour ces photos. Ils vont penser que je suis une vendue. Ils vont penser que je ne suis qu'une mannequin snob et prétentieuse.

À la limite, je crois que j'aurais préféré qu'ils pensent que je suis une jeune délinquante.

En tout cas, je ne m'attendais pas à ça quand j'ai entendu la porte des Moscovitz s'ouvrir. Je suis sortie à toute vitesse de la chambre de Michael et j'ai vu que c'étaient les parents de Lilly qui rentraient de leur cours de gym. Ils ont bu un café dans la cuisine et sont allés ensuite dans le salon lire le *Sunday Times* qui, pour une raison inexplicable, arrive le samedi quand on est abonné.

Bref, quelle n'a pas été leur surprise lorsqu'ils ont ouvert le supplément et qu'ils ont vu que la princesse de Genovia présentait la nouvelle collection de printemps d'un nouveau styliste prometteur.

Et quelle n'a pas été MA surprise quand ils m'ont félicitée pour mes débuts de mannequin et que je leur ai répondu : « De quoi vous parlez ? »

Tandis que Lilly et Boris me regardaient d'un air curieux, Mrs. Moscovitz m'a tendu le supplément du *Sunday Times* et je me suis vue imprimée en quadrichromie.

Bon. Je ne vais pas mentir et dire que je suis moche. Je ne suis pas mal. Ce qu'ils ont fait, c'est qu'ils ont repris toutes les photos que l'assistante de Sebastiano a faites de moi en train de décider quelle robe porter pour mon premier discours officiel, et ils les ont ensuite sorties sur un fond pourpre. Je ne souris sur aucune d'elles. Je ne fais que me regarder dans le miroir avec l'air de penser : *Je ressemble vraiment à un coton-tige ambulant.*

Mais bien sûr, quand on ne me connaît pas et qu'on ne sait pas POURQUOI j'essaie toutes ces robes, j'ai l'air d'une minette qui ne se soucie que de son apparence.

Ce qui est exactement le genre de personne que j'ai toujours voulu être.

BEN VOYONS !!!

Pour tout dire, je suis un peu blessée. Moi qui croyais qu'on était devenus complices, Sebastiano et moi. Mais apparemment, il m'a posé toutes ces questions sur Michael dans le seul but de m'attirer dans son piège.

Mon père a déjà téléphoné au *Times* pour leur demander de retirer tous les suppléments qui n'ont pas encore été distribués. Il a ensuite appelé le portier du *Plaza* et a insisté pour que Sebastiano soit *persona non grata*, ce qui signifie que le cousin du prince de Genovia n'a plus le droit de mettre les pieds à l'hôtel.

J'ai trouvé que c'était un peu dur, mais pas aussi dur que ce que mon père voulait faire au départ, à savoir demander au ministère américain de la Justice d'arrêter Sebastiano pour s'être servi de l'image d'une mineure sans le consentement de ses parents. Heureusement, Grand-Mère a réussi à l'en dissuader. Elle lui a dit que cette histoire avait fait suffisamment de bruit comme ça pour ne pas en rajouter avec l'humiliation d'une arrestation royale.

Mon père est tellement en colère qu'il ne tient pas en place. Il n'arrête pas de faire les cents pas. Rommel, qui est couché sur les genoux de Grand-Mère, l'observe d'un air craintif. Il tourne la tête de gauche à droite puis de droite à gauche comme s'il assistait à un match de l'U.S. Open.

Je parie que si Sebastiano était là en chair et en os, mon père lui démolirait plus que son téléphone portable.

Samedi 13 décembre, 5 heures, dans ma chambre

Bon.

Tout ce que j'ai à dire, c'est que Grand-Mère a poussé le bouchon un peu trop loin.

Je parle sérieusement. À mon avis, mon père ne lui adressera plus jamais la parole.

En ce qui me concerne, c'est déjà fait.

D'accord, c'est une vieille femme qui ne se rend pas compte de la portée de ses actes et je devrais me montrer un peu plus compréhensive.

Mais me faire *ça* ? Non, franchement, je ne lui pardonnerai jamais.

Voilà ce qui s'est passé. Sebastiano a appelé juste avant mon départ du *Plaza*. Il ne comprenait pas pourquoi mon père lui en voulait autant et pourquoi il n'avait pas le droit de monter nous voir.

Quand mon père, qui avait décroché le téléphone, lui a expliqué pourquoi, Sebastiano a eu l'air de tomber des nues. Il n'arrêtait pas de dire : « Mais voyons, Philippe, j'avais votre permission ! »

Mon père a rétorqué sur un ton dégoûté : « Ma permission pour utiliser l'image de ma fille afin de promouvoir vos horribles chiffons ! Vous délirez, mon pauvre ami ! »

Mais Sebastiano a insisté.

Et c'est comme ça que, de fil en aiguille, on a fini par découvrir qu'il avait bel et bien eu la permission. Sauf qu'elle ne venait pas de moi. Ni de mon père.

Qui, selon vous, a bien pu la lui donner, hein ?

Grand-Mère s'est exclamée, tout indignée : « Je l'ai fait uniquement parce qu'Amelia a une très mauvaise image d'elle-même et qu'elle avait besoin d'être mise en valeur.

— Et pour que Mia ait une meilleure image d'elle-même, comme vous dites, vous avez manigancé dans son dos et donné votre accord pour que ces photos servent de publicité à une vulgaire collection de vêtements pour femmes ? » a tonné mon père.

Grand-Mère est restée bouche bée et a juste fait : « Hon... hon... hon... », comme dans les films d'horreur quand la victime, qui vient de se prendre un coup de machette dans le dos, s'effondre à terre et expire (je ferme toujours les yeux pendant ce genre de scène, mais je sais très bien reconnaître le bruit).

En tout cas, c'est clair que, si Grand-Mère avait eu une bonne excuse pour expliquer son geste, mon père n'était pas disposé à l'écouter – ni à ce que je l'écoute, d'ailleurs. Il m'a attrapée par le bras et m'a entraînée dans le couloir.

Je pensais qu'on allait partager un moment fort tous les deux, qu'il me prendrait par les épaules pour m'expliquer d'une voix grave que sa mère était une vieille femme malade qui devait partir se reposer très, très loin d'ici et pendant très, très longtemps, mais tout ce qu'il m'a dit, c'est : « Rentre à la maison. »

Et là-dessus, il m'a confiée à Lars avant de s'enfermer à double tour dans sa suite.

Ouah !

Vous savez ce que ça prouve ? Que même dans une famille royale, il peut y avoir des problèmes.

En attendant, dès lundi matin, tout le monde va me tomber dessus en disant : « Tiens, mais voilà Mia, cette grosse MENTEUSE, qui nous raconte qu'elle est végétarienne, qu'elle milite pour les droits des animaux et qui répète toujours que l'apparence-n'est-pas-importante-ce-qui-compte-c'est-ce-qu'on-est-au-fond-de-soi. C'est pour ça qu'elle pose pour *des photos de mode* ? »

Comme si ça ne suffisait pas d'avoir été renvoyée du bahut. Maintenant, il va falloir que je supporte les railleries de mes pairs.

Pour l'instant, je suis à la maison et je fais comme si de rien n'était. Ce qui n'est pas facile, parce que, quand je suis rentrée, j'ai vu que ma mère s'était amusée à dessiner des cornes sur chacune de mes photos et qu'elle les avait ensuite scotchées sur la porte du frigo.

La seule chose positive dans toute cette histoire, c'est que je sais maintenant avec certitude quelle est la robe qui me va le mieux : celle en taffetas blanc avec l'écharpe bleue. Mon père dit qu'il préférerait mourir que me voir la porter ou porter toute autre création de Sebastiano, d'ailleurs. Sauf qu'il n'y a pas d'autre styliste aussi doué que lui à Genovia et que, vu les délais, je ne vois pas qui pourrait me faire une robe à temps. Résultat, j'ai comme l'impression que je vais devoir la porter (en plus, elle a été livrée ce matin).

Ce qui est un souci en moins.

Enfin, je suppose.

Samedi 13 décembre, 8 heures, dans ma chambre

J'ai déjà reçu dix-sept mails, six coups de fil et une visite (Lilly) concernant cette histoire de photos. Lilly dit que ce n'est pas aussi grave que ça, dans la mesure où la plupart des gens jettent les suppléments sans même les regarder.

Si c'est vrai, pourquoi ai-je reçu autant d'appels et de mails ?

Elle a essayé de me faire croire que ce n'était que les membres de l'Association des élèves en colère du lycée Albert-Einstein qui avaient appelé, par solidarité envers mon renvoi. C'est ça, oui.

Les gens qui ont appelé voulaient savoir à quoi je pensais en vendant mon image de la sorte.

Comment leur expliquer que je n'ai rien à voir avec ça, que je n'étais *même pas* au courant. Personne ne va me croire. La preuve est là : je *la* porte sur moi. Ces photos l'attestent.

Ma réputation est fichue. Demain matin, des millions d'abonnés du *New York Times* vont ouvrir leur journal et se dire : « Tiens, tiens, c'est la princesse Mia. Elle n'a pas attendu longtemps pour se vendre, celle-là. Je me demande combien elle a touché. Elle ne doit pas avoir besoin d'argent pourtant, vu qu'elle est princesse. »

J'ai fini par demander à Lilly de me laisser seule parce que je commençais à avoir mal à la tête. Mais, avant de partir, Lilly m'a proposé de me faire un peu de shiatsu, histoire de me soulager. Il paraît que ses parents ont souvent recours au shiatsu avec leurs patients. Sauf que ça ne m'a rien fait, à part m'éclater un vaisseau entre le pouce et l'index. J'ai super mal.

Du coup, il ne me reste plus qu'à réviser, même si on est samedi soir et que tous les gens de mon âge sont en train de s'amuser.

Mais vous n'êtes pas au courant ? Les princesses ne s'amusent jamais, voyons.

Programme de révisions :

Maths : revoir chapitres I-X.

Anglais : finir devoir (10 pages en sautant une ligne et en laissant une marge) et revoir chapitres I-VII.

Histoire : revoir chapitres I-XII.

Français : revoir chapitres I-IX.

À faire :

Noter instructions pour s'occuper de Fat Louie.

Cadeaux de Noël/Hanouka.

Maman : Neuf mois dans la vie d'une femme.

Papa : Comment gérer sa colère.

Mr. G. : Couteau suisse.

Lilly : Cassettes vidéo vierges.

Tina Hakim Baba : Emmanuelle.

Kenny : Prise T.V./V.C.R. (Ça ne devrait pas me coûter trop cher. Ce n'est pas non plus la culpabilité qui dicte mon choix. C'est ce qu'il veut !)

Grand-Mère : RIEN !!!

Acheter un vernis qui empêche de se ronger les ongles.

Rompre avec Kenny.

Faire le tri dans mes chaussettes.

Je vais commencer par le plus important : les chaussettes. On ne peut pas se concentrer quand on ne sait plus où on en est de ses chaussettes.

Ensuite, je ferai des maths, parce que c'est la matière où je suis la plus nulle, et aussi parce que c'est la première matière que je passe. Et RIEN ne m'empêchera de travailler. Ni cette histoire avec Grand-Mère, ni le fait que sur les dix-sept mails que j'ai reçus, quatre sont de Michael et deux de Kenny, ni le fait que je pars pour Genovia à la fin de la semaine prochaine et ni le fait que maman et Mr. Gianini sont dans la pièce à côté en train de regarder *Piège de cristal*.

J'AURAI LA MOYENNE EN MATHS et RIEN NI PERSONNE NE M'EMPÊCHERA DE RÉVISER !!!!!!!!!

Samedi 13 décembre, 9 heures, dans ma chambre

Je suis sortie juste pour voir la scène où Bruce Willis lance une bombe dans la cage de l'ascenseur, mais je suis de nouveau à mon bureau.

Samedi 13 décembre, 9 h 30, dans ma chambre

Comme j'étais curieuse de savoir ce que Michael m'avait écrit, je viens de lire ses mails. Mais juste les siens. Dans le premier, il me parle du supplément (Lilly lui a raconté et il me demandait si j'envisageais d'abdiquer, ha, ha) et les trois autres sont des blagues censées me remonter le moral. Elles n'étaient pas très drôles, mais j'ai quand même ri.

Je parie que Judith Gershner ne rit pas aux blagues de Michael. Elle est trop occupée à cloner ses trucs.

Samedi 13 décembre, 10 heures, dans ma chambre

Instructions pour s'occuper de Fat Louie

Le matin :

Remplir l'écuelle de Fat Louie avec des CROQUETTES. Même s'il en reste de la veille, Fat Louie aime bien qu'on lui en mette des nouvelles pour avoir l'impression de prendre son petit déjeuner comme tout le reste de la famille.

Dans MA salle de bains, remplir tous les matins le BOL EN PLASTIQUE BLEU qui se trouve à côté de ma baignoire en prenant l'eau au robinet DU LAVABO et non au robinet de la cuisine, parce que l'eau, dans la cuisine, n'est pas assez fraîche. N'utiliser que LE BOL BLEU car Fat Louie a l'habitude de boire dans ce bol pendant que je me lave les dents.

Fat Louie a un autre bol dans le couloir de ma chambre. Le rincer puis le remplir d'EAU FILTRÉE (celle du PICHET dans le frigo). Même si on dit que l'eau du robinet, à New York, n'est pas contaminée, il vaut mieux que Fat Louie boive de l'eau dont on est sûr qu'elle est pure. Les chats ont besoin de boire beaucoup pour nettoyer leur système digestif et prévenir les infections urinaires. C'est pourquoi vous devez toujours penser à lui donner de l'eau, et pas seulement à côté de sa gamelle, mais dans d'autres endroits de l'appartement.

Ne pas confondre le bol du couloir avec CELUI QUI SE TROUVE PRÈS DU SAPIN DE NOËL. Ce bol ne sert qu'à décourager Fat Louie de boire l'eau dans la soucoupe sous l'arbre. Trop de résine de sapin peut le constiper.

Le matin, Fat Louie aime bien se tenir sur le rebord de la fenêtre de ma chambre et regarder les pigeons sur l'échelle d'incendie. NE JAMAIS LAISSER CETTE FENÊTRE ouverte, mais penser à tirer les rideaux pour qu'il puisse voir.

Fat Louie aime bien aussi regarder par la fenêtre qui se trouve à côté de la télé. S'il miaule à ce moment-là, ça veut dire qu'il a envie de caresses.

Le soir :

Pour son dîner, Fat Louie mange de la NOURRITURE EN BOÎTE. Il n'aime que trois parfums : POULET ET THON, CREVETTE ET POISSON et POISSON DE MER. Il ne mange ni BŒUF ni PORC. Verser le contenu d'une boîte dans une assiette PROPRE sinon il ne mangera pas. Et il ne mangera pas non plus si vous écrasez le contenu de la boîte. Il préfère qu'on lui laisse la FORME DE LA BOÎTE.

Après dîner, Fat Louie aime bien s'étirer sur le tapis devant la porte d'entrée. C'est le meilleur moment pour lui faire faire un peu d'exercice. Dès que vous le voyez s'étirer, glissez la main sous ses pattes avant et caressez-le (il adore) jusqu'à ce qu'il courbe le dos. Puis enfoncez les pouces entre ses omoplates et massez-le doucement. Si vous le faites bien, il ronronnera. Sinon, il vous griffera.

Fat Louie s'ennuie facilement et quand il s'ennuie, il tourne en rond en miaulant. Voici donc quelques jeux qu'il aime bien :

Prenez quelques-unes de mes peluches et posez-les au-dessus de la chaîne stéréo pour qu'il puisse les faire tomber.

Installez Fat Louie sur MA CHAISE D'ORDINATEUR, puis cachez-vous derrière la bibliothèque. Lancez ensuite un lacet par-dessus le dossier de la chaise sans vous montrer.

Fabriquez une MONTAGNE avec les coussins de mon lit et mettez Fat Louie en dessous. Puis enfoncez la main dans n'importe quelle ouverture entre les coussins (pendant ce jeu, je vous conseille de vous protéger les mains avec des gants).

Mettez un peu d'herbe à chat dans une VIEILLE CHAUSSETTE et lancez-la à Fat Louie. Laissez-le ensuite seul pendant quatre ou cinq heures parce qu'il a tendance à sortir ses griffes dès qu'il sent l'herbe à chat.

La litière :

Mr. Gianini, ceci vous concerne. Maman ne doit pas nettoyer la litière de Fat Louie ni toucher tout ce qui a pu être en contact avec elle car maman risque d'attraper la toxoplasmose et le bébé peut être malade.

Lavez-vous toujours les mains dans de l'eau savonneuse après avoir changé la litière, même si vous pensez ne pas l'avoir touchée.

La litière de Fat Louie doit être changée TOUS LES JOURS. Utilisez du sable sec. Videz le sable souillé dans un grand sac en plastique et mettez-le dans le vide-ordures. Il n'y a rien de plus simple. Fat Louie fait ses gros besoins deux heures environ après son repas du soir. Vous vous en rendrez compte en sentant l'odeur qui montera de ma salle de bains.

Très important :

Ne pas déranger l'ESPACE QUI SE TROUVE DERRIÈRE LES TOILETTES de ma salle de bains. C'EST L'ESPACE DE FAT LOUIE. Il y cache sa collection d'objets brillants. S'il vous vole quelque chose et que vous l'y découvriez, ne le récupérez pas en sa présence sinon, dès qu'il vous verra, il essaiera de vous mordre pendant des semaines et des semaines. J'en ai parlé au véto. Elle dit que, à moins de payer 70 dollars de l'heure la consultation chez un comportementaliste spécialiste des animaux, il n'y a rien à faire.

DERNIÈRE CHOSE : PENSEZ À PRENDRE FAT LOUIE DANS VOS BRAS ET À LUI FAIRE UN CÂLIN PLUSIEURS FOIS PAR JOUR !!!!! (IL ADORE ÇA.)

Samedi 13 décembre, minuit, dans ma chambre

Quoi ? Il est déjà minuit et je n'en suis qu'au chapitre I de *Introduction à l'Algèbre* !

Ce livre est incompréhensible. J'espère qu'il n'a pas rapporté beaucoup d'argent à la personne qui l'a écrit.

Et si j'allais demander à Mr. G. de me dire ce qu'il a prévu de nous donner après-demain ?

Non, ce serait de la triche.

Mais est-ce que ce serait vraiment de la triche ?

Dimanche 14 décembre, 10 heures du matin, dans ma chambre

Encore quarante-huit heures avant l'évaluation en maths et j'en suis toujours au chapitre I.

Dimanche 14 décembre, 10 h 30, dans ma chambre

Lilly vient d'arriver. Elle veut qu'on révise l'histoire ensemble. Je lui ai dit que l'histoire attendrait vu que je n'ai toujours pas décollé du chapitre I en maths, mais elle a suggéré qu'on alterne : elle m'interroge en maths pendant une heure puis je l'interroge en histoire pendant l'heure suivante. J'ai répondu d'accord, même si ce n'est pas très juste. Lilly est sûre d'avoir A en maths, donc ça ne va pas lui servir à grand-chose que je l'interroge, tandis que si je lui pose des questions en histoire, ça m'aidera à réviser aussi.

Mais c'est à ça que ça sert, les amis, non ?

Dimanche 14 décembre, 11 heures, dans ma chambre

Tina a appelé. Son petit frère et ses sœurs la rendent folle. Elle veut savoir si elle peut venir travailler ici. Je lui ai répondu oui, évidemment.

Qu'est-ce que j'aurais pu dire d'autre ? En plus, elle a promis de passer chez H. & H. acheter des bagels et une sauce au fromage. Elle m'a dit aussi qu'elle me trouvait superbe sur les photos du supplément du *Times* et que je ne devrais pas écouter les gens quand ils me traitent de vendue, parce que je suis hyper sexy.

Dimanche 14 décembre, 12 heures, dans ma chambre

Michael a dit à Boris que Lilly était ici, du coup, Boris est ici aussi.

Lilly a raison. Boris respire trop fort. Ça m'empêche de me concentrer.

Et j'aimerais bien qu'il ne mette pas ses pieds sur mon lit. Il pourrait au moins enlever ses chaussures. Mais quand je le lui ai suggéré, Lilly a dit que ce n'était pas une bonne idée.

Berk. Je ne comprends pas comment Lilly peut sortir avec un garçon qui respire par la bouche et qui sent mauvais des pieds.

Boris est peut-être un génie en musique, mais si vous voulez mon avis, il a des progrès à faire en hygiène.

Dimanche 14 décembre, 12 h 30, dans ma chambre

Maintenant c'est Kenny qui est ici. Comment voulez-vous que je travaille avec tous ces gens autour de moi ? En plus, Mr. Gianini n'a pas trouvé mieux que de se mettre à la batterie.

Dimanche 14 décembre, 8 heures du soir, à la maison

J'ai dit à Lilly, et elle était d'accord avec moi, que depuis l'arrivée de Boris et de Kenny, notre rythme de travail avait chuté. Sans parler de Mr. G. et de sa batterie. C'est pour ça qu'on a décidé de faire une pause et d'aller à Chinatown manger des bouchées à la vapeur.

On s'est super bien amusés au *Great Shanghai*. On

a pris des boulettes aux légumes et des haricots verts à la sauce à l'ail. J'étais assise à côté de Boris. Il m'a fait mourir de rire. Il mange tellement vite qu'à chaque fois que le serveur apportait un nouveau plat la seule assiette vide sur la table, c'était la sienne. Du coup, il posait le plat devant nous et on était les premiers à pouvoir piocher dedans.

Ce qui me fait dire que, malgré le coup des pulls qu'il rentre dans son pantalon et le fait qu'il respire par la bouche, Boris est hyper drôle et super gentil. Lilly a de la chance. Je veux dire que le garçon qu'elle aime l'aime aussi. Si seulement je pouvais aimer Kenny comme Lilly aime Boris !

Mais apparemment, je n'ai aucun contrôle sur la personne dont je tombe amoureuse. Parce que, si c'était le cas, je peux vous assurer que je n'aurais PAS choisi Michael ! D'abord parce que c'est le grand frère de ma meilleure amie et que, si Lilly découvre que j'aime son frère, elle ne comprendra pas. Et aussi parce qu'il est en terminale et entre à l'université l'année prochaine.

Ah oui, j'oubliais : et aussi parce qu'il a déjà une petite amie.

Mais qu'est-ce que je peux faire ? Je ne peux pas *m'obliger* à aimer Kenny, pas plus que je ne peux l'obliger à ne *pas* m'aimer, autrement que comme il m'aime.

En même temps, il ne m'a toujours pas proposé d'aller au bal. Il n'en a même pas parlé. Lilly dit que je devrais l'appeler et lui dire : « Alors, on y va ou on n'y va pas ? » Après tout, si j'ai eu le cran de démolir le portable de Lana, elle ne comprend pas pourquoi je n'ai pas le cran d'appeler mon petit copain pour lui demander si oui ou non on va au bal de l'école ensemble.

Sauf que j'ai cassé le portable de Lana dans le feu de la passion. Et je ne vois rien qui pourrait évoquer la passion en ce qui concerne Kenny. Il y a une partie de moi qui ne veut pas aller au bal avec lui et il y en a une autre qui est soulagée qu'il ne m'en ait pas parlé.

Bon d'accord, une toute petite partie.

Du coup, même si je rigolais bien avec Boris, cette histoire avec Kenny me déprimait un peu.

Et j'ai été encore plus déprimée quand deux petites filles chinoises sont venues me voir pour me demander un autographe. Elles m'ont tendu un stylo et le supplément du *Times* pour que je le signe.

Je vous jure qu'à ce moment j'ai songé à mettre fin à ma vie sauf que je ne savais pas comment, à part m'enfoncer une baguette en plein cœur.

À la place, je leur ai signé leur fichu supplément et j'ai essayé de sourire. Mais au fond de moi, je

FLIPPAIS, surtout quand j'ai vu à quel point elles étaient heureuses. Et pourquoi ? Pas parce que je pensais à mon militantisme en faveur des ours polaires, des baleines ou des enfants qui meurent de faim (je ne m'y suis pas encore mise, mais j'ai bien l'intention de le faire).

Non, mais parce que je me voyais poser dans de jolies robes et que je suis grande et maigre comme un mannequin.

Bonjour l'exploit !

Après ça, mon mal de tête est revenu et j'ai dit que je devais rentrer.

Personne n'a vraiment protesté. J'imagine que tout le monde s'est dit qu'on avait suffisamment perdu de temps comme ça et qu'on ferait mieux de retourner réviser. On est donc tous partis et je suis de nouveau à la maison. Ma mère m'a dit que pendant mon absence Sebastiano avait appelé quatre fois ET qu'il m'avait fait livrer une autre robe.

Mais pas n'importe laquelle. Celle qu'il m'a dessinée pour le bal de l'école. Elle n'est pas sexy, mais alors pas sexy du tout. Elle est en velours vert foncé avec des manches longues et un col carré.

Mais quand je l'ai essayée et que je me suis regardée dans le miroir, il s'est passé un truc curieux : j'étais jolie. *Très* jolie.

Sebastiano avait épinglé un petit mot à la robe. Voilà ce qu'il m'a écrit :

Excuse-moi, je t'en prie.
Je te promets que dans cette robe il ne te verra plus comme la meilleure amie de sa sœur.
S.

C'est super gentil. Triste, mais gentil. Sebastiano ne sait pas, bien sûr, que je n'ai *aucune* chance auprès de Michael et qu'aucune robe n'y changera rien, aussi jolie soit-elle.

Mais il *s'est excusé.* Et ça, c'est beaucoup. Grand-Mère ne l'a pas fait, elle.

Bien sûr que je lui pardonne. Pauvre Sebastiano, il n'y est pour rien.

Et je suppose qu'un jour je finirai par pardonner à Grand-Mère, aussi. Elle n'a pas réfléchi à ce qu'elle faisait.

Mais celle à qui je ne pardonnerai jamais, c'est moi. Comment ai-je pu me mettre dans une situation pareille ? J'aurais dû dire à Sebastiano que je ne voulais pas qu'on me prenne en photo. Sauf que toutes ces belles robes m'ont tourné la tête et qu'en me regardant dans le miroir j'ai oublié qu'être princesse, c'était plus que porter de jolies robes : c'était être un exemple pour plein de gens... des gens qu'on ne connaît pas et qu'on ne rencontrera probablement jamais.

Lundi 15 décembre, en perm

Nombre d'élèves du lycée Albert-Einstein qui (jusqu'à présent) m'ont dit ce qu'ils pensaient du traitement que j'ai fait subir vendredi dernier au portable de Lana Weinberger : 37.

Nombre d'élèves du lycée Albert-Einstein qui (jusqu'à présent) m'ont parlé de mon renvoi de vendredi dernier : 59.

Nombre d'élèves du lycée Albert-Einstein qui (jusqu'à présent) m'ont donné leur opinion sur les photos parues dans le supplément du *New York Times* ce week-end : 74.

Nombre total de commentaires qui m'ont été faits (jusqu'à présent) par les élèves du lycée Albert-Einstein : 170.

Curieusement, après être venue à bout de tout cela, j'ai découvert quelque chose de tout à fait incongru dans mon casier : une rose jaune.

Qu'est-ce que ça peut bien vouloir dire ? Est-il possible que quelqu'un, dans cette école, ne me méprise pas ?

Apparemment, oui. Mais quand je me suis retournée en me demandant qui pouvait bien prendre mon parti, je n'ai vu que Justin Baxendale suivi, comme d'habitude, de sa horde d'admiratrices.

À tous les coups, Kenny doit être mon supporter anonyme. Il cherche sans doute à me remonter le moral. Il ne l'admettra jamais, mais qui ça pourrait être sinon ?

C'est notre dernière journée de révisions aujourd'hui avant les évaluations. Ce qui signifie qu'on est tous enfermés dans des salles de perm et qu'on doit revoir les matières dans lesquelles on n'est pas très forts. Personnellement, ça m'arrange parce que je suis sûre de ne pas tomber sur Lana. Elle n'est pas dans la même salle de perm que moi.

En revanche, Kenny est avec moi. On est assis par ordre alphabétique et il est au premier rang. Mais ça ne l'empêche pas de me faire passer des petits mots, comme *Souris !*, *Accroche-toi, le soleil brille !*

Il n'a toujours pas avoué pour la rose jaune.

Au fait, vous voulez savoir le nombre total de commentaires que Michael Moscovitz m'a faits jusqu'à présent ? 1.

Et ce n'était pas vraiment un commentaire. Il m'a dit que mes lacets étaient défaits.

C'est tout.

Ma vie est foutue.

Dans quatre jours, c'est le bal de l'école et je n'ai toujours pas de cavalier.

Loi distributive :
$5x + 5y - 5 =$
$5(x + y - 1)$

$2a - 2b + 2c =$
$2(-1) - 2(-2) + 2(5) =$
$-2 + 4 + 10 = 12$

Quatre fois un nombre est ajouté à trois. Le résultat est cinq fois le nombre.
Trouver le nombre.

$x =$ le nombre
$4x + 3 = 5x$
$-4x + (4x + 3) = -4x + 5x$
$3 = x$

La fonction cartésienne divise le plan en quatre parties appelées quadrant.
Quadrant 1 (positif, positif).
Quadrant 2 (négatif, positif).
Quadrant 3 (négatif, négatif).
Quadrant 4 (positif, négatif).

Inclinaison : la courbe d'une ligne est une ligne appelée *m*.

Trouver l'inclinaison
inclinaisons négatives
inclinaisons positives
inclinaison zéro.
Une ligne verticale n'a pas d'inclinaison.
Une ligne horizontale a Ø inclinaison.
Points situés sur la même droite.
Les lignes parallèles ont la même inclinaison.

$4x + 2y = 6$
$2y = -4x + 6$
$y = -2x + 3$

La forme active indique que le sujet du verbe fait l'action.

La voix passive indique que le sujet du verbe subit l'action.

Mardi 16 décembre

J'ai passé les maths et l'anglais.
Il me reste trois matières plus le devoir d'anglais.
76 commentaires aujourd'hui dont 53 négatifs.
Vendue = 29 fois.
Je-dois-penser-que-je-suis-tout-ça = 14 fois.

Tiens-voilà-la-diva = 6 fois.

« Qu'est-ce que tu en as à faire de ce que les gens pensent ? m'a dit Lilly. Tu connais la vérité, non ? C'est tout ce qui compte. »

Elle est drôle. Ça se voit que ce n'est pas elle qui est visée.

J'ai trouvé une autre rose dans mon casier. Kenny m'a juré que ce n'était pas lui, sauf qu'il est devenu tout rouge quand je lui ai posé la question. Bon d'accord, au même moment, Justin Baxendale lui a marché sur le pied.

Kenny a de très grands pieds, plus grands que les miens.

Encore trois jours avant le bal.

Nada du côté des cavaliers.

Mercredi 17 décembre

J'ai passé l'évaluation en histoire.

Plus que deux matières, sans compter le devoir d'anglais, ET C'EST FINI.

62 commentaires, dont 34 négatifs.

Reste toi-même = 12 fois.

Vendue = 5 fois.

Si-j'étais-aussi-plate-que-toi-je-pourrais-faire-mannequin-moi-aussi = 6 fois.

Encore une rose jaune, et je ne sais toujours pas qui l'a déposée. Et si la personne avait confondu mon casier avec celui de Lana ? Après tout, Lana traîne toujours dans le coin en attendant Josh Richter (son casier est à côté du mien) pour leur rituel de léchage quotidien. Peut-être que cette personne pense que c'est à Lana qu'elle offre ces roses ?

Franchement, je ne vois pas qui, à Albert-Einstein, pourrait me déposer une rose. Sauf si j'étais déjà morte et enterrée, et dans ce cas, elle la jetterait sur ma tombe en disant : « Bon débarras ! »

Encore deux jours avant le bal. Et toujours rien.

Jeudi 18 décembre, 1 heure de l'après-midi

Ça vient de me traverser l'esprit :

C'est Kenny qui me dépose les roses. Il cherche à me taquiner, histoire de me faire languir avant de me proposer de l'accompagner au bal demain soir.

Ce qui est assez grossier de sa part, si vous voulez mon avis. C'est vrai, quoi. Me faire languir aussi longtemps ! Après tout, j'aurais pu dire oui à quelqu'un d'autre.

Et si quelqu'un d'autre me proposait justement de l'accompagner au bal, hein ?

HA !

Jeudi 18 décembre, 4 heures, dans la limousine, en route pour le Plaza

C'EST FINI !!!

TERMINÉ !!!

LES ÉVALUATIONS SONT PASSÉES !!!

Et vous savez quoi ?

Je suis à peu près sûre d'avoir réussi. Même les maths. On n'aura les résultats que demain, mais j'ai supplié Mr. G. et il a fini par me répondre : « Tu t'en es bien sortie, Mia. Tu peux me laisser tranquille, maintenant ? »

Vous avez entendu ??? Il a dit que je m'en étais BIEN SORTIE !!! Vous savez ce que ça veut dire, BIEN S'EN SORTIR ?

ÇA VEUT DIRE QUE J'AI RÉUSSI !!!

Voilà une bonne chose de faite. Je vais pouvoir maintenant me concentrer sur ce qu'il y a de plus important :

Ma vie sociale.

Je ne plaisante pas. Je suis au bord de la dépression. Tout le monde à l'école – à l'exception de mes amis – pense que je suis une vendue.

Très bien. Ils vont voir. L'idée m'est venue hier, juste après l'évaluation en histoire. D'un seul coup, j'ai *su* ce que je devais faire. Je suis sûre que Grand-Mère aurait fait la même chose.

O.K. Peut-être que Grand-Mère ne ferait pas *ça,* mais en tout cas, c'est la meilleure solution pour régler mon problème. Sauf que Sebastiano ne va sans doute pas apprécier. Tant pis. Il n'avait qu'à me demander MON avis avant de vendre ces photos.

C'est la première fois que je vais vraiment me comporter en princesse. Sérieux. Vous ne pouvez pas imaginer à quel point j'ai le trac.

Mais je ne peux pas continuer à mentir et à me laisser faire comme ça. Il est temps d'agir.

Ce qu'il y a de plus extraordinaire, c'est que je vais me débrouiller toute seule.

Bon d'accord, le portier du *Plaza* m'a aidée à trouver une salle et Lars m'a prêté son téléphone portable pour que je passe mes coups de fil.

Lilly m'a aidée aussi à écrire mon texte et Tina à me maquiller et à me coiffer.

Mais sinon, j'ai fait tout le reste seule.

Ça y est.

On commence.

Jeudi 18 décembre, 7 heures

Je viens de passer sur les quatre principales chaînes de télé, plus New York 1, C.N.N., Headline News, M.S.N.B.C. et Fox News Channel. Il paraît que *Entertainment Tonight*, *Access Hollywood*, et *E ! Entertainment News* veulent la diffuser aussi.

Je dois dire que pour une fille qui est censée avoir des problèmes avec l'image qu'elle donne d'elle-même, je me suis plutôt bien débrouillée. Je n'ai pas bafouillé une seule fois. Peut-être que j'ai parlé un peu vite, c'est vrai, mais on *me* comprend. Sauf si on ne parle pas anglais, évidemment.

En plus, je ne suis pas mal. Je n'aurais peut-être pas dû garder mon uniforme d'école, mais le bleu passe bien à la télé.

Le téléphone n'a pas cessé de sonner depuis la diffusion de ma conférence de presse. La première fois, ma mère a décroché. C'était Sebastiano qui hurlait que je l'avais ruiné.

Le pauvre, je ne voulais pas le ruiner, surtout après qu'il m'a si gentiment dessiné une robe pour le bal.

Mais qu'est-ce que je pouvais faire d'autre ? J'ai essayé de lui montrer le bon côté des choses en lui expliquant que c'était uniquement le montant des recettes de la vente des robes qui irait à Greenpeace.

Mais Sebastiano n'a rien voulu entendre. Il n'arrêtait pas de crier : « Ruiné ! Je suis ruiné ! »

Je lui ai alors fait remarquer que, loin de le ruiner, le fait qu'il verse le montant des recettes à Greenpeace sera perçu dans l'industrie de la mode comme un coup de marketing génial et qu'en plus il est fort probable que ces robes se vendront comme des petits pains dans la mesure où les filles de mon âge, à qui s'adresse sa collection, sont plutôt écolos.

Finalement, les leçons de Grand-Mère ont dû porter leurs fruits, parce que, quand j'ai raccroché, j'avais complètement gagné Sebastiano à ma cause. Je suis même sûre qu'il pensait que l'idée venait de lui au départ.

Mon père a appelé ensuite. Vu qu'il était mort de rire, je me demande si je ne devrais pas lui trouver un autre livre pour Noël que *Comment gérer sa colère.* Il voulait savoir si c'était maman qui m'avait suggéré de donner une conférence de presse et quand je lui ai répondu : « Non, c'est moi qui en ai eu l'idée toute seule », il m'a dit : « Eh bien, je crois que tu es *vraiment* une princesse, maintenant. »

Est-ce que j'aurais aussi réussi cet examen ?

Peut-être pas, non, puisque je n'adresse toujours

pas la parole à Grand-Mère. En même temps, elle ne m'a pas appelée. J'ai reçu un coup de fil de Lilly, de Tina, même de Mémé et Pépé Thermopolis, mais pas d'elle.

Et pourtant, c'est à elle de s'excuser d'avoir agi aussi sournoisement.

« Presque aussi sournoisement que *toi* », n'a pas pu s'empêcher de me faire observer ma mère pendant le dîner.

C'est horrible ! Je n'y avais jamais pensé avant, mais c'est vrai : ce que j'ai fait ce soir est aussi sournois que ce que Grand-Mère a fait.

Et pourquoi ça me surprendrait, d'abord ? Après tout, on *est* de la même famille, non ?

Luke Skywalker et Dark Vador aussi.

Bon. Il faut que j'y aille. *Alerte à Malibu* va commencer. C'est la première fois depuis des semaines que je peux le regarder.

Jeudi 18 décembre, 9 heures du soir

Tina vient d'appeler. Non pas pour me parler de la conférence de presse, mais pour savoir ce que mon Ange secret m'avait offert.

« Mon quoi ? » je lui ai dit.

Tina a répondu : « Ton Ange secret. Tu ne te souviens pas, Mia ? On s'est inscrites il y a un mois. On a mis nos noms dans un carton et la personne qui l'a tiré doit être notre Ange secret pendant la dernière semaine avant les vacances de Noël. Il était censé nous faire des petits cadeaux pour oublier le stress des évaluations. »

Je me suis alors vaguement rappelé qu'avant le week-end de Thanksgiving Tina m'avait traînée jusqu'à une table pliante dans un coin du réfectoire où des filles étaient assises derrière un énorme carton. Tina m'avait fait écrire mon nom sur un bout de papier puis elle m'avait obligée à en choisir un.

« Mais oui ! » me suis-je écriée. Avec les évaluations et tout le reste, j'avais complètement oublié !

Pire, j'avais oublié que le nom que j'avais tiré, c'était celui de Tina. Ce qui n'est pas vraiment une coïncidence, vu qu'elle venait de le glisser dans la boîte quand j'ai plongé la main. Comment avais-je pu oublier ?

Et puis, d'un seul coup, ça a fait tilt dans ma tête. Les roses jaunes. Elles n'avaient pas été déposées dans mon casier par erreur ! Et ce n'était pas non plus Kenny qui les y avait mises ! C'était mon Ange secret.

Ce qui n'arrangeait pas mes affaires. Parce que ça signifiait que Kenny n'avait pas du tout l'intention de me proposer d'aller au bal avec lui demain soir.

Tina m'a dit, l'air amusé : « Je n'arrive pas à

croire que tu aies oublié. Ton Ange secret a pourtant pensé à toi, n'est-ce pas, Mia ? »

J'ai senti que je rougissais à ce moment-là. Pauvre Tina !

« Oui, bien sûr », ai-je fait tout en me demandant où j'allais pouvoir lui trouver un cadeau avant demain soir, le dernier jour du projet Ange secret.

Tina a soupiré et a dit : « Personne n'a dû choisir mon nom puisque je n'ai rien reçu. »

J'ai aussitôt répondu en priant pour que la culpabilité ne me trahisse pas : « Ne t'inquiète pas. À tous les coups, ton Ange secret a attendu le dernier jour, parce qu'elle – enfin, je veux dire, il – veut t'offrir quelque chose de magnifique.

— Tu crois ? a fait Tina, songeuse.

— J'en suis sûre », ai-je déclaré.

Une fois rassurée, Tina est passée aux choses sérieuses : « Dis donc, maintenant que les évaluations sont terminées, quand vas-tu avouer à Michael que c'est toi qui lui as envoyé les cartes ? »

J'avoue que sa question m'a un peu déstabilisée.

« Qu'est-ce que tu penses de jamais ? » ai-je suggéré.

Apparemment, ma réponse ne l'a pas déstabilisée, elle, parce qu'elle a répliqué : « Mia, si tu ne lui dis pas, à quoi bon les lui avoir envoyées ?

— Pour qu'il sache que d'autres filles l'aiment, à part Judith Gershner », j'ai répondu.

Mais Tina ne m'a pas lâchée. « Voyons, Mia, ça ne suffit pas. Tu dois le lui dire. Comment veux-tu avoir Michael s'il ne sait pas ce que tu ressens pour lui ? »

Finalement, Tina Hakim Baba a beaucoup de points communs avec mon père.

Elle a ajouté : « Tu te rappelles ce qu'a fait Kenny ? C'est comme ça qu'il t'a eue. Il t'a d'abord envoyé des lettres anonymes puis il s'est dénoncé.

— Oui, ai-je répliqué sur un ton sarcastique. Et tu as vu où ça nous a menés ! »

Tina a insisté : « Mais ça n'a rien à voir avec Michael. Parce que vous êtes faits l'un pour l'autre. Je le *sens*. Il faut que tu le lui dises, Mia, et il faut que tu le lui dises demain, parce que tu pars pour Genovia après-demain. »

Oh, non ! Je me suis tellement laissée aller à l'autosatisfaction avec cette histoire de conférence de presse que j'avais oublié que je partais pour Genovia après-demain ! Et avec Grand-Mère ! À qui je n'adresse toujours pas la parole !

J'ai donc promis à Tina que j'avouerais tout à Michael demain et elle a raccroché avec un soupir de satisfaction.

Heureusement qu'elle ne pouvait pas voir mes

narines parce que je ne vous dis pas comment elles palpitaient. JAMAIS je n'avouerai à Michael Moscovitz ce que je ressens pour lui. Même si mon père m'a assuré que c'était ce que j'avais de mieux à faire.

Non.

C'est décidé.

Je ne peux pas.

Vendredi 19 décembre, en perm

On est retenus en otages dans une salle de perm le temps qu'ils nous distribuent nos notes. Après, on sera libres de passer le restant de la journée à la kermesse, puis d'aller au bal, ce soir.

Je ne plaisante pas. On n'a plus cours et on est censés s'amuser.

C'est ça, oui. Comme si j'avais envie de m'amuser. Plus jamais je ne m'amuserai.

Parce que, en plus de tous mes autres problèmes, je crois savoir qui est mon Ange secret.

Justin Baxendale.

Sérieux. Je ne vois pas d'autre explication possible. Pourquoi sinon traînerait-il aussi souvent du côté de mon casier ? C'est quand même la troisième fois que je le vois cette semaine.

À moins qu'il envisage de me faire chanter avec cette histoire d'alarme d'incendie ?

Non. Justin Baxendale n'a pas le look maître chanteur. Il n'est pas du genre à perdre son temps à faire chanter une princesse.

Donc, s'il passe autant de temps près de mon casier, c'est que c'est mon Ange secret.

C.Q.F.D.

Comment je vais faire quand ils nous laisseront sortir d'ici et qu'il viendra me voir pour me révéler son identité ? Parce que c'est la règle : on doit dire aujourd'hui à la personne dont on a tiré le nom qu'on est son Ange secret. Et moi, je vais devoir le regarder droit dans ses yeux de biche, lui sourire et lui répondre : « Oh, merci, Justin ! Je n'avais pas deviné que c'était toi ! »

Ben voyons ! Comme si je n'avais que ça à faire ! Remercier Justin Baxendale, c'est vraiment le cadet de mes soucis ! J'ai des problèmes un peu sérieux. Un, je suis la seule fille de tout le lycée qui n'a pas de cavalier pour aller au bal ce soir. Et deux, je prends l'avion demain pour un pays dont je suis la princesse, et je voyage avec ma grand-mère à qui, je le rappelle, je n'adresse toujours pas la parole !

Mais ce n'est pas tout. Ce serait trop beau. Il y a maman et Mr. Gianini. Oh, bien sûr, ils font comme s'ils étaient ravis que j'aille passer les vacances à l'étranger, eh oui, on va fêter notre petit Noël gentiment tous les trois avant mon départ, mais je sais bien qu'ils ne sont pas ravis. Mais alors pas ravis du tout.

Et ma note en maths, hein ? D'accord, Mr. Gianini m'a dit que je m'en étais bien sortie, mais bien sortie *comment* ? J'ai eu quoi ? D ? D, ce n'est pas bien s'en sortir quand on pense au nombre d'heures que j'ai passées à essayer d'augmenter ma moyenne ! D serait inacceptable.

Et Kenny ? Qu'est-ce que je vais faire de Kenny ?

Heureusement, j'ai trouvé un cadeau pour Tina. C'est déjà ça. Je suis allée sur Internet la nuit dernière et je l'ai inscrite à un club *on line* de livres d'amour pour adolescents. J'ai imprimé le certificat qui fait d'elle un membre officiel.

Je le lui offrirai tout à l'heure, quand la cloche sonnera.

C'est-à-dire quand je devrai aller remercier Justin Baxendale.

Ce ne serait pas si atroce s'il n'avait pas des yeux à tomber à la renverse. Pourquoi faut-il que Justin Baxendale soit si beau ? Et pourquoi a-t-il fallu que le plus beau garçon de tout le lycée m'ait choisie ? Les gens beaux, comme Justin Baxendale ou Lana, ne peuvent pas s'empêcher d'éprouver un sentiment de répulsion face à des gens aussi laids que moi.

En fait, j'ai compris. Ce n'est pas mon nom qu'il a choisi, c'est celui de Lana. Et il a déposé les roses dans mon casier pensant que c'était le casier de Lana. Vu qu'elle traîne toujours dans le coin, ce n'est pas étonnant.

Mais le pire, c'est que Tina m'a dit que les roses jaunes signifiaient « amour pour toujours ».

C'est pour ça que j'avais pensé à Kenny au début.

Ça y est. Ils sont en train de nous distribuer nos notes. Je ne regarderai pas. Je m'en fiche, de mes notes. JE M'EN FICHE DE MES NOTES.

La cloche sonne. Je vais sortir discrètement de cette salle, sans regarder mes notes – j'ai bien dit : SANS REGARDER MES NOTES – et je vaquerai à mes occupations comme si de rien n'était.

Vendredi 19 décembre, devant mon casier

Zut. Je suis devant mon casier et Justin est là, avec l'air d'attendre quelqu'un. Lana aussi est là. Mais elle, je sais qui elle attend : Josh.

Vous savez quoi ? Je n'ai vraiment pas besoin de tout ça. De Justin m'avouant qu'il est mon Ange secret en présence de Lana, je veux dire. Qu'est-ce que Lana va bien pouvoir trouver sachant qu'elle a quand même passé tous les jours de sa vie depuis qu'on est entrées dans la puberté à me suggérer de porter des pansements à la place d'un soutien-gorge ? Et puis, avec l'histoire du téléphone portable, on ne peut pas dire qu'on soit devenues super copines toutes les deux. Je parie qu'elle est en train de me préparer un coup en douce.

Vendredi 19 décembre, toujours devant mon casier, un peu plus tard

Quand j'ai entendu Justin lancer : « Hé, mec ! », je n'ai pas compris. Pourquoi il m'appelait « mec » ? Je ne suis pas un mec. Justin ne pouvait pas me parler à moi.

Du coup, je me suis retournée et j'ai vu Josh, juste derrière Lana.

« Ça fait une semaine que je te cherche, mec », a repris Justin, qui s'adressait en fait à Josh. « Tu m'as apporté la table de trigo ou pas ? Faut que je repasse les maths. »

Josh a répondu quelque chose, mais je n'ai pas entendu.

Je n'ai pas entendu parce que mes oreilles se sont mises à bourdonner.

Et elles ont bourdonné parce que derrière Justin, il y avait Michael.

Michael Moscovitz.

Avec *une rose jaune* à la main.

Vendredi 19 décembre, pendant la kermesse

Pourquoi ?

Pourquoi faut-il que ça m'arrive à moi ?

En plus, ce n'est même pas ma faute, cette fois. Je n'ai rien fait. Ça fait partie de ces trucs qui vous tombent dessus sans crier gare.

Et ce n'est pas non plus ce que pense Kenny. Mais alors, pas du tout. À la limite, quand on y réfléchit, c'est même tragique. Pour moi, en tout cas.

Parce que, bien sûr, la première chose que Michael m'a dite, quand il m'a vue devant lui, bouche bée, c'est : « Tiens. Ça vient de tomber de ton casier », et il m'a tendu la rose qu'il tenait à la main.

J'étais dans un état second quand je l'ai prise, tellement j'ai cru que j'allais défaillir.

Parce que je venais juste de penser que les roses, c'était lui ! L'espace d'une seconde, j'ai vraiment cru que c'était Michael qui me les avait déposées dans mon casier.

Sauf que celle-ci avait un petit mot accroché à la tige. Voilà ce qu'il y avait écrit :

Bonne chance pour ton voyage à Genovia !
Reviens-nous vite !
Ton Ange secret,
Boris Pelkowski.

Boris Pelkowski. Dire que c'est Boris Pelkowski qui déposait les roses dans mon casier... Dire que c'est lui qui était mon Ange secret...

Bien sûr, Boris ne savait pas que la couleur jaune pour une rose signifie « amour pour toujours ». Il ne sait même pas qu'on ne rentre pas son pull dans son pantalon. Comment pourrait-il s'y connaître en langage des fleurs ?

Quand j'ai enfin compris qui était mon Ange secret, j'avoue que j'étais incapable de dire si j'étais plus soulagée de découvrir que ce n'était pas Justin Baxendale ou si j'étais plus déçue que ce ne soit pas Michael.

Et puis Michael m'a dit : « Alors, quel est le verdict ? »

Pour toute réponse, je l'ai regardé d'un air ahuri. Il faut dire que je ne m'étais pas encore tout à fait remise de ces quelques secondes durant lesquelles j'avais cru, imbécile que je suis, qu'il m'aimait.

« Tu as eu combien en maths ? » m'a-t-il demandé lentement, comme s'il parlait à une demeurée.

Ce que je suis. Tellement demeurée même que je

n'ai vraiment mesuré mon amour pour lui que le jour où Judith Gershner me l'a soufflé sous le nez.

J'ai ouvert mon relevé de notes et j'ai vu que j'avais eu... Tenez-vous bien : B –.

Conclusion : quand on passe pratiquement toutes les heures de ses journées à étudier, on finit par retenir quelque chose.

Suffisamment pour avoir B – en tout cas.

J'essaie en ce moment de ne pas hurler de joie, mais c'est difficile.

Bon d'accord, il y a toujours cette histoire de bal qui me chiffonne, mais quand même.

B – ! Vous vous rendez compte ?

En plus, ma note n'a rien à voir avec le fait que le prof est mon beau-père. En maths, soit on trouve la bonne réponse, soit on ne la trouve pas. Il n'y a rien de subjectif, il n'y a pas d'interprétation possible. On a juste ou on a faux.

Et j'ai eu juste. Enfin. À 80 % des questions.

O.K. Ça m'a aidée de connaître la réponse à la question bonus : De quel instrument jouait Ringo, des Beatles ?

Mais elle n'était que sur deux points.

En attendant, c'est à cause de ma note en maths que je me suis mise dans le pétrin.

J'étais tellement heureuse d'avoir eu B – que j'ai complètement oublié ce que je ressens pour

Michael. J'ai même oublié que je suis timide avec lui d'habitude. Bref, j'ai fait un truc qui ne me ressemble pas.

Je me suis jetée à son cou.

Sérieux. Je me suis élancée vers lui, je me suis pendue à son cou et j'ai hurlé : « Youpi !!! »

Je n'ai pas pu m'en empêcher. D'accord, le coup des roses m'avait un peu refroidie, mais B –, ce n'est pas rien.

Attention. Je tiens à préciser que c'était juste un geste amical. Après tout, Michael m'avait aidée à réviser. Il avait le droit de revendiquer une partie de ma note, non ?

Sauf que ce n'est pas ce qu'a pensé Kenny. Tina m'a raconté qu'il était arrivé pile au moment où j'étais dans les bras de Michael. Et, d'après Tina, Kenny est persuadé qu'il y a quelque chose entre Michael et moi.

Si seulement ça pouvait être vrai !

Bien sûr, jamais je n'irai dire ça à Kenny. Il faut que j'aille le trouver pour lui expliquer que ma présence dans les bras de Michael ne prouve rien.

Tina m'a dit : « Mais pourquoi ? Au contraire, tu devrais en profiter pour lui dire la vérité ! C'est l'occasion ou jamais ! »

Non. Ça ne se fait pas de rompre avec quelqu'un pendant la kermesse. Ce serait trop dur pour Kenny.

Pourquoi faut-il que ma vie soit si tragique ?

Vendredi 19 décembre, toujours pendant la kermesse

Je n'ai toujours pas trouvé Kenny, mais je dois reconnaître une chose : si la principale et les profs cherchent peut-être parfois à faire de nous des clones, quand il s'agit d'organiser une fête, ils sont champions. Même Lilly est impressionnée.

Bien sûr, ils n'ont pas pu s'empêcher de céder à certaines valeurs américaines. Par exemple, il y a des distributeurs de sodas McDonald dans tous les coins et les tables croulent tellement sous les brownies que c'est à se demander s'ils n'ont pas eu un prix de gros sur les préparations de gâteau au chocolat.

Mais bon, on sent qu'ils ont fait le maximum pour qu'on s'amuse. Tous les clubs ont leur stand et proposent des activités. On peut danser dans le gymnase avec le Club de danse, s'initier à l'escrime dans l'auditorium avec le Club de théâtre et même prendre des leçons de pom-pom girl dans le hall au premier étage avec – devinez qui ? – l'équipe junior des pom-pom girls.

En cherchant Kenny, je suis tombée sur Lilly. Elle tenait le stand d'Amnesty International (l'Association des élèves en colère du lycée Albert-Einstein a soumis son projet de stand trop tard, du coup Lilly dirige le stand d'Amnesty). Et vous savez qui a eu E à l'une de ses évaluations ?

Eh oui.

Lilly. Je n'en revenais pas.

« Mrs. Spears t'a mis E à ton devoir d'anglais ? TOI, tu as eu E ? » je me suis exclamée.

Mais apparemment, Lilly n'en avait rien à faire puisqu'elle m'a répondu : « Que veux-tu, Mia ? Parfois, quand on croit à quelque chose, il faut savoir faire des sacrifices.

— Bien sûr, j'ai dit. Mais E ? Tes parents ne vont pas te tuer ?

— Mais non, a rétorqué Lilly. Ils vont juste essayer de me psychanalyser. »

Ce qui est vrai.

Zut. Voilà Tina.

J'espère qu'elle ne se souvient pas.

Si. Elle se souvient.

Elle se souvient que je lui ai promis d'aller avec elle au stand du Club informatique.

Je ne veux pas y aller. De toute façon, je sais

déjà ce qui m'attend : Michael et Judith et tous les autres accros de l'informatique assis derrière leurs écrans couleur. Dès que quelqu'un passe devant leur stand, ils l'installent à l'un des moniteurs et le font jouer au jeu qu'ils ont conçu dans lequel le personnel de l'administration ou les profs du bahut sont dans des accoutrements plus grotesques les uns que les autres. Par exemple, la principale est en cuir des pieds à la tête et tient un fouet à la main. Mr. Gianini, lui, est en pyjama avec un ours en peluche qui lui ressemble étrangement.

Bien sûr, quand ils ont soumis leur projet pour la kermesse, ils ont utilisé un autre programme. Du coup, les profs ne savent pas ce qui s'affiche sur les écrans. Ça ne leur a pas traversé l'esprit de se demander pourquoi les élèves rigolent comme des tordus dès qu'ils s'assoient devant un ordinateur ?

En tout cas, moi, je ne veux pas jouer à leur jeu. Je ne veux même pas m'approcher de leur stand.

Mais Tina m'a dit qu'il fallait que j'y aille. « C'est le moment ou jamais pour le lui dire, a-t-elle insisté. Et puis, Kenny n'est pas dans les parages, alors profites-en. »

Voilà ce qu'on gagne à confier certains secrets à ses amies.

Vendredi 19 décembre, encore plus tard, toujours à la kermesse

Je suis dans le vestiaire des filles et je peux vous dire que, cette fois, rien ni personne ne m'en fera sortir.

Je vais rester là jusqu'à ce que tout le monde soit parti. Heureusement que je prends l'avion demain. Avec un peu de chance, à mon retour, toutes les personnes impliquées dans ce petit incident auront oublié.

Mais ça m'étonnerait.

Pourquoi faut-il que ce genre de chose n'arrive qu'à moi ? À croire que les dieux sont contre moi. Pourquoi ça n'arrive pas à Lana Weinberger, hein ? Pourquoi à moi ? Pourquoi *toujours* à moi ?

Très bien. Je vais raconter ce qui s'est passé.

Je n'avais absolument pas l'intention de dire quoi que ce soit à Michael. J'ai suivi Tina au stand informatique pour la seule et unique raison que cela aurait été bizarre que je n'y aille pas. Je veux dire, que je passe voir tous les stands sauf celui-là. En plus, Michael me l'avait demandé plusieurs fois. Je ne pouvais tout de même pas ne pas y aller.

Mais je n'avais pas l'intention de lui dire un mot sur ce-que-vous-savez. Tina allait devoir apprendre à vivre avec ses déceptions. Quand on aime quelqu'un comme j'aime Michael, on ne profite pas de la kermesse de son lycée pour lui annoncer de but en blanc : « Hé ! Il faut que je te dise un truc : Je t'aime. »

Non. Ça ne se fait pas, un point c'est tout.

Mais bon, j'ai quand même fini par suivre Tina.

Il y avait un monde fou au stand informatique. Tous les élèves faisaient la queue en gloussant, tellement ils étaient excités à l'idée de découvrir enfin le fameux logiciel. On s'est mises tout au bout, Tina et moi, et on a commencé à attendre notre tour. Mais dès que Michael nous a vues, il nous a appelées et nous a fait passer avant.

Évidemment, ça n'a pas été du goût de certains, qui se sont aussitôt mis à pousser des cris d'indignation et à nous traiter de tous les noms. Cela dit, on ne pouvait pas vraiment leur en vouloir. Ils étaient là depuis longtemps.

En même temps, peut-être à cause de ce qui s'est passé hier – quand j'ai expliqué à la télé que la seule raison pour laquelle j'avais accepté de présenter la collection de Sebastiano, c'est parce qu'il allait verser le montant des recettes à Greenpeace –, j'ai remarqué qu'on me critiquait moins (commentaires positifs : 243 jusqu'à présent. Négatif : 1. De Lana, bien sûr). Ce qui explique peut-être pourquoi le tollé n'a pas vraiment duré.

Bref, Michael m'a entraînée vers un des ordinateurs et m'a dit : « Assieds-toi ici, Mia », et il a approché une chaise.

Je me suis assise et j'ai attendu qu'il charge son stupide programme. Autour de moi, les élèves qui étaient déjà installés devant un écran éclataient de rire et se tapaient sur les cuisses.

Je ne sais pas pourquoi, mais à ce moment-là, j'ai pensé : *Les hommes pusillanimes n'ont point la clé des cœurs féminins.*

Ce qui est complètement idiot parce que, un, il était hors de question que j'avoue quoi que ce soit à Michael, et deux, Michael ne peut pas être un *cœur féminin* vu que c'est un garçon.

Puis j'ai entendu Judith dire : « Michael, qu'est-ce que tu fabriques ?

— C'est bon, Judith, a répondu Michael. C'est un programme spécial pour elle. »

L'écran s'est alors allumé.

O.K., me suis-je dit : *Prépare-toi à regarder ce stupide jeu et n'oublie pas de rire pour qu'il pense que tu trouves ça drôle.*

J'ai donc continué à attendre, un peu déprimée, je dois avouer, parce que je n'avais aucune perspective bien réjouissante en vue. Tout le monde était excité à cause du bal, mais personne ne m'avait proposé de l'accompagner – pas même mon soi-disant petit ami –, après quoi, tous mes amis partaient au ski ou aux Bahamas, en tout cas avaient des projets pour les vacances de Noël, tandis que moi, j'allais rencontrer les membres de l'Association des producteurs d'huile d'olive de Genovia. D'accord, ils sont certainement très gentils, mais quand même !

J'oubliais. Avant de partir pour Genovia, je devais aussi rompre avec Kenny et ce n'était franchement pas quelque chose que j'avais hâte de faire, parce que je le répète : j'aime bien Kenny et je n'avais pas envie de lui faire de peine.

En même temps, vu qu'il n'avait toujours pas mentionné l'éventualité qu'on aille au bal ensemble ce soir, j'appréhendais un peu moins le moment de lui annoncer que c'était fini entre nous.

Ah oui, et pour couronner le tout, ai-je pensé, *je prends l'avion demain pour l'Europe avec mon père et ma grand-mère qui ne se parlent toujours pas* (comme je ne parle pas non plus à Grand-Mère, le voyage risque d'être gai), *et avec la chance que j'ai, Michael et Judith seront fiancés à mon retour.*

Bref, je songeais à tout ça en attendant que le programme finisse de charger. À tout ça et au fait que je n'avais pas particulièrement envie de voir les profs du lycée dans des déguisements complètement farfelus.

Sauf que lorsque le jeu a commencé, ce n'est pas ça que j'ai vu. J'ai vu un château.

Je ne plaisante pas. Un château, comme dans *Les chevaliers de la Table ronde*, ou *La Belle et la Bête.* L'image s'est resserrée pour montrer le toit du château, puis la cour à l'intérieur et enfin le jardin. Et dans le jardin, il y avait plein de roses rouges qui s'ouvraient. C'était super joli et j'ai pensé : *Hé, mais c'est plus cool que ce que j'imaginais.*

Du coup, j'ai presque oublié que j'étais assise devant un écran d'ordinateur à la kermesse du lycée, avec une dizaine d'élèves autour de moi. J'avais vraiment l'impression d'être *dans* ce jardin.

Et puis une bannière portée par le vent a brusquement flotté à travers l'écran, au-dessus des roses. Il y avait comme un message écrit dessus, en lettres dorées. Quand elle s'est stabilisée, j'ai pu le lire :

Les roses sont roses
et les violettes violettes.
Tu ne le sais peut-être pas
mais je t'aime moi aussi.

J'ai crié et je me suis levée d'un bond en renversant ma chaise.

Tout le monde a éclaté de rire, persuadé que je venais de voir la principale en combinaison de cuir.

Seul Michael avait vu ce que j'avais vu.

Et seul Michael ne riait pas.

Mais je n'osais pas le regarder, parce que je n'arrivais pas à croire ce que j'avais lu. C'était comme si le sens de ce message m'était incompréhensible. Est-ce que ça voulait dire que Michael savait que c'était moi qui lui avais envoyé les cartes et qu'il m'aimait lui aussi ?

Ou est-ce que ça voulait dire que Michael savait mais qu'il cherchait à se moquer de moi ?

J'étais incapable de trancher. Je n'étais sûre que d'une chose : si je ne partais pas de là sur-le-champ, j'allais éclater en sanglots devant tout le monde.

J'ai attrapé Tina et je l'ai tirée par le bras. Je voulais l'entraîner à l'écart pour lui raconter ce que j'avais vu et lui demander son avis.

Mais Tina s'est mise à hurler – j'avais dû tirer plus fort que je ne le pensais – et j'ai entendu Michael crier : « Mia ! »

J'ai pourtant continué à tirer sur le bras de Tina. Je n'avais qu'une idée en tête à ce moment-là : m'enfermer dans les vestiaires des filles. M'enfermer avant que ma tête explose.

Quelqu'un m'a alors attrapée à mon tour par le bras. J'ai cru que c'était Michael. Je savais que, si je levais les yeux vers lui, j'allais me mettre à pleurer comme un bébé. Du coup, j'ai dit sans regarder : « Lâche-moi » et j'ai essayé de me dégager.

Mais c'est la voix de Kenny que j'ai entendue. « Mia, il faut que je te parle », me disait-il.

Tina a répondu à ma place : « Pas maintenant, Kenny. »

Kenny n'a rien voulu savoir. Il a répété : « Mia, il faut que je te parle. *Maintenant.* »

Je l'ai regardé. Rien qu'à sa tête, j'ai compris que c'était effectivement maintenant qu'il voulait me parler et qu'il n'attendrait pas.

Tina a levé les yeux au ciel et s'est écartée. Et moi, je suis restée là, le dos au stand du Club informatique, et j'ai prié : *S'il te plaît, Michael, ne t'en mêle pas. Ne bouge pas, je t'en supplie. Ne t'approche surtout pas.*

Kenny avait l'air super mal. Jamais je ne l'avais vu comme ça.

« Mia, a-t-il dit, je veux juste que tu saches que... Eh bien, que je sais. »

Je l'ai dévisagé. Je ne comprenais pas du tout de quoi il parlait. Sérieux. J'avais complètement oublié qu'il m'avait vue me jeter au cou de Michael. Tout ce à quoi je pensais, c'était : *N'approche pas, Michael. Je t'en prie, n'approche pas...*

« Écoute, Kenny », ai-je commencé. Je ne sais même pas comment j'ai trouvé la force de parler. J'avais l'impression d'être un robot et que quelqu'un avait brusquement appuyé sur le bouton « on » pour me mettre en marche. « Ce n'est franchement pas le moment. On pourra parler plus tard... »

Mais Kenny m'a coupée et a répété : « Mia, je *sais*. Je l'ai vu. »

J'ai cligné des yeux.

Et je me suis souvenue. Michael, le B – et moi qui me jetais à son cou.

« Oh, Kenny, j'ai fait. Tu te trompes. C'était juste... »

Mais Kenny ne m'a pas laissée finir. Il a dit : « Tu n'as pas à te sentir coupable, Mia. »

J'ai alors compris pourquoi je lui trouvais l'air bizarre. C'est parce qu'il avait une expression que je ne lui connaissais pas. Et cette expression, c'était la résignation.

« Ne t'inquiète pas, Mia, a-t-il repris. Je n'en parlerai pas à Lilly. »

À Lilly ! Surtout pas ! Lilly était la dernière personne au monde qui devait savoir ce que j'éprouvais pour Michael !

Mais peut-être qu'il n'était pas trop tard. Peut-être que j'avais encore une chance de...

Non. Je ne pouvais pas mentir à Kenny. Pour la première fois de ma vie, je n'ai pas pu me résoudre à mentir.

« Je suis désolée, Kenny », ai-je dit tout simplement.

Ce n'est qu'après avoir parlé que je me suis rendu compte que ça ne me servirait plus à rien de m'enfermer dans les vestiaires des filles. Ma voix s'était brisée et quand j'ai plaqué mes mains sur mon visage, j'ai senti qu'elles étaient trempées.

Super. Je pleurais devant tous les élèves du lycée Albert-Einstein.

J'ai ajouté en reniflant : « Kenny, je voulais te le dire, je te le jure. Je t'aime bien, c'est juste que... je ne t'aime pas... d'amour. »

Kenny est devenu tout blanc, mais il n'a pas pleuré. C'est une chance. En fait, il a même réussi à esquisser un sourire. Il a secoué ensuite la tête et a dit, de son ton résigné : « J'avoue que j'ai eu du mal à le croire. Quand ça m'a traversé l'esprit, la première fois, j'ai pensé : *Non, ce n'est pas possible. Pas Mia. Jamais elle ne pourrait faire ça à sa meilleure amie.* Mais bon... ça explique beaucoup de choses. En ce qui nous concerne, je veux dire. »

À ce moment-là, je ne pouvais plus supporter de

le regarder en face. J'avais l'impression d'être un ver de terre. Non, pire qu'un ver, parce que les vers sont très utiles pour l'environnement. J'avais l'impression d'être... une drosophile.

Kenny a continué : « En fait, ça faisait un moment que je me doutais qu'il y avait quelqu'un d'autre. Tu comprends, tu ne... tu ne répondais jamais à ma flamme quand je... Tu vois ce que je veux dire. »

Bien sûr. Quand il m'embrassait. C'était sympa de sa part de parler de ça devant tout le monde. Merci, merci Kenny.

« Et je savais que tu ne disais rien parce que tu ne voulais pas me faire de peine, a-t-il poursuivi. Tu es comme ça. Et c'est pour ça que je ne t'ai pas proposé d'aller au bal. Je me suis dit que tu refuserais. Parce que tu aimes quelqu'un d'autre. Je sais que tu ne m'aurais jamais menti, Mia. Tu es la fille la plus franche que j'ai jamais rencontrée. »

HA ! Il plaisantait ou quoi ? Moi, *franche* ? Apparemment, il n'avait pas deviné pour mes narines.

Puis il a dit, l'air grave : « C'est parce que tu es franche que j'ai compris que tu devais vivre le martyre. En fait, j'ai commencé à me poser des questions quand on est tous allés au restaurant. Je me suis dit que si je l'avais remarqué, d'autres allaient le remarquer aussi. Et j'ai pensé que tu n'aimerais pas l'apprendre de la bouche de quelqu'un d'autre. »

À ce moment-là, j'ai arrêté de m'essuyer les yeux avec la manche de mon chemisier, j'ai relevé la tête, la main en l'air, et j'ai fait : « Au restaurant ? Quel restaurant ? »

Kenny a répondu, plus mal à l'aise que jamais : « Le restaurant chinois, dans Chinatown. Vous étiez assis l'un à côté de l'autre. Et tu n'arrêtais pas de rire. Vous aviez l'air de si bien vous entendre. »

Chinatown ? Michael n'était pas là le jour où on est allés manger à Chinatown.

Mais Kenny a poursuivi : « Tu sais quoi ? Je ne suis pas le seul à l'avoir surpris en train de te déposer des roses dans ton casier. »

J'ai cligné des yeux plusieurs fois et j'ai dit : « De qui tu parles ?

— Eh bien, de Boris, a répondu Kenny. Boris qui t'a offert toutes ces roses. Tu sais, Mia, si vous tenez vraiment à le faire dans le dos de Lilly, à mon avis, vous... »

Le bourdonnement que j'avais entendu en voyant Michael avec une rose jaune à la main a recommencé.

BORIS. BORIS PELKOWSKI. Kenny venait de casser avec moi parce qu'il pensait que j'étais amoureuse de BORIS PELKOWSKI.

BORIS PELKOWSKI qui a toujours de la nourriture coincée dans son appareil dentaire.

BORIS PELKOWSKI qui rentre son pull dans son pantalon.

BORIS PELKOWSKI, le petit copain de ma meilleure amie.

J'ai alors essayé de lui dire la vérité. De lui dire que Boris n'était pas mon amoureux mais juste mon Ange secret.

Mais Tina a foncé vers nous, elle m'a attrapée par le bras et a lancé : « Désolée, Kenny, mais Mia doit partir. »

Et elle m'a entraînée dans le vestiaire des filles.

Tout en cherchant à me dégager de son emprise, je criais comme une folle : « Il faut que je lui dise la vérité ! Il faut que je lui dise la vérité ! »

Une fois devant le vestiaire, Tina m'a poussée dans les toilettes et a déclaré : « Non, tu ne vas rien lui dire du tout. Vous êtes à bout l'un et l'autre. Et de toute façon, à quoi ça te servirait ? Tu es libre, c'est ça qui compte. »

Je me suis regardée dans le miroir au-dessus du lavabo. Avec mes yeux et mon nez tout rouges, on ne peut pas dire que je faisais princesse. En fait, j'étais tout simplement affreuse. Tellement affreuse que j'ai de nouveau éclaté en sanglots.

Tina a tenté de me consoler. Elle m'a dit que

Michael n'avait certainement pas voulu se moquer. Il avait deviné que c'était moi qui lui avais envoyé les cartes et il avait créé exprès ce logiciel pour me faire comprendre qu'il m'aimait lui aussi.

Comment voulez-vous que je la croie ? Parce que si c'était vrai – je dis bien, *si c'était vrai* – il ne m'aurait pas laissée partir.

Tina m'a alors fait remarquer qu'il avait essayé. Mais le cri que j'avais poussé en lisant son poème puis le fait que je me mette à pleurer l'avaient sans doute découragé. Qui sait, même, s'il n'avait pas pensé que j'étais déçue ? De toute façon, a ajouté Tina, même si Michael avait tenté de me retenir, Kenny était arrivé. Et il faut dire que, de loin, on donnait vraiment l'impression, Kenny et moi, d'être en grande discussion – ce qui était le cas –, et Michael n'avait peut-être pas voulu nous déranger.

Oui, c'est possible.

Mais ce qui est possible aussi, c'est que Michael ait vraiment eu envie de me jouer un tour. Un sale tour, étant donné les circonstances. En même temps, il ne sait pas que je l'aime de toutes les fibres de mon être. Il ne sait pas que sans lui je ne pourrai jamais m'autoréaliser. Pour Michael, je ne suis que la meilleure amie de sa petite sœur. Il ne cherchait probablement pas à être cruel. Il pensait sans doute être drôle.

Ce n'est pas sa faute si ma vie est fichue et si je ne sortirai plus jamais de ce vestiaire.

Je vais attendre le départ de tout le monde pour filer en douce. Personne ne me verra avant le début du second trimestre. À ce moment-là, j'espère que tout le monde aura oublié.

J'ai une meilleure idée. Et si je restais à Genovia ?

Mais oui ! Pourquoi pas ?

Vendredi 19 décembre, 5 heures, dans ma chambre

Je ne comprends pas pourquoi les gens ne me laissent pas en paix.

Sérieux. Les évaluations sont peut-être passées, mais j'ai quand même un maximum de trucs à faire. Et mes bagages, alors ? Est-ce que les gens ne savent pas que lorsqu'on s'apprête à partir pour rencontrer officiellement le peuple à la tête duquel on va se retrouver un jour, on a un paquet d'affaires à préparer ?

Apparemment, non, puisqu'on continue à me téléphoner, à m'envoyer des mails ou à frapper à la porte de ma chambre.

Je m'en fiche. J'ai décidé de ne plus parler à personne. Je crois que j'ai été assez claire là-dessus. Je ne parle plus à Lilly, à Tina, à mon père, à Mr. Gianini, à ma mère et SURTOUT pas à Michael, même s'il a appelé quatre fois.

Je suis bien trop occupée pour avoir le temps de parler à qui que ce soit.

Et avec mes écouteurs sur les oreilles, je n'entends même pas quand on frappe.

C'est assez cool, je dois dire.

Vendredi 19 décembre, 5 h 30, sur l'échelle d'incendie

On a bien le droit d'être seule de temps en temps, non ? Si j'ai envie d'être dans ma chambre, de m'enfermer à clé et de ne pas sortir, pourquoi je ne le ferais pas, hein ? Pourquoi les gens s'autoriseraient-ils à *retirer* les gonds de ma porte, puis à retirer ma porte ? Ce n'est pas juste.

De toute façon, j'ai trouvé un moyen de leur échapper. Je suis dehors, sur l'échelle d'incendie. Il doit faire 3°, il neige, mais vous savez quoi ? Jusqu'à présent, personne ne m'a suivie.

Heureusement, j'ai pris avec moi un de ces stylos qui font lampe torche, du coup, j'arrive à écrire. La nuit est tombée depuis un petit moment et j'ai les fesses un peu gelées. Mais sinon, c'est assez sympa ici. On entend la neige siffler quand elle se pose sur les marches métalliques de l'échelle, et, de temps en temps, une sirène ou une alarme de voiture retentir. C'est reposant dans un sens.

Ce qui tombe bien, parce que je viens de découvrir que j'avais besoin de repos. D'un long repos.

Je parle sérieusement. J'aimerais bien, par exemple, m'allonger sur le sable d'une plage.

Il y a une très belle plage à Genovia. Avec du sable blanc, des palmiers, tout ce qu'il faut.

Le problème, c'est que quand j'y serai, je n'aurai pas le temps d'aller à la plage. Je serai trop occupée à baptiser des navires ou à inaugurer je ne sais quel monument.

Mais si *je* vivais à Genovia, c'est-à-dire si je déménageais et si je m'installais là-bas...

Bien sûr, ma mère me manquerait. Elle s'est penchée une bonne vingtaine de fois par la fenêtre de ma chambre pour me supplier de rentrer ou de mettre au moins mon manteau. Ma mère est une femme bien. En fait, si je vivais à Genovia, elle me manquerait terriblement.

Mais elle pourrait venir me voir. C'est-à-dire jusqu'à son huitième mois de grossesse. Après, ça risque d'être un peu dangereux pour elle de prendre l'avion. Mais elle pourrait venir après, avec le bébé. Ce serait cool.

Mr. G. aussi est quelqu'un de bien. Il a passé la tête par la fenêtre pour me proposer du chili con carne. Il n'a pas mis de viande exprès pour moi.

C'est gentil de sa part d'y avoir pensé. Oui, lui aussi pourrait venir me voir.

Finalement, ce serait agréable de vivre là-bas. Je me promènerais avec mon père tout le temps. Il n'est pas si terrible que ça, une fois qu'on le connaît. Il m'a demandé, lui aussi, de rentrer. Il dit qu'il est très fier de moi et que je l'ai sacrément impressionné avec ma conférence de presse et mon B – en maths. Il veut m'emmener fêter ça au restaurant. Il m'a même proposé d'aller au *Palais Zen*, un restaurant végétarien. Ce n'est pas adorable ?

S'il n'avait pas demandé à Lars de retirer la porte de ma chambre, je crois que j'aurais accepté son invitation.

Ronnie, la voisine, vient de m'apercevoir par la fenêtre de son salon. Elle veut savoir ce que je fais dehors, assise sur l'échelle d'incendie en plein mois de décembre.

Je lui ai répondu que j'avais besoin de solitude et que je n'avais pas trouvé de meilleur endroit.

Elle m'a répondu : « Je comprends ce que tu veux dire. »

Puis elle a ajouté que j'allais me geler les fesses à rester dehors sans manteau et elle m'a proposé de me prêter son manteau de vison. J'ai refusé poliment. Jamais je ne porterai la fourrure d'un animal mort.

Du coup, elle m'a passé sa couverture électrique, qu'elle a branchée à la prise de son climatiseur. J'avoue que ça va mieux.

Ronnie se prépare à sortir. C'est sympa de la regarder en train de se maquiller. Tout en se poudrant, elle me parle par la fenêtre de sa salle de bains. Elle m'a demandé si j'avais des problèmes à l'école et si c'était à cause de ça que je m'étais installée sur l'échelle d'incendie. Je lui ai répondu oui. Elle m'a alors demandé quel genre de problème, et je lui ai expliqué que j'étais persécutée : j'étais amoureuse du frère de ma meilleure amie, mais apparemment, lui pensait que c'était pour rire, et tout le monde au lycée était persuadé que je sortais avec un violoniste qui respire par la bouche et qui est le petit copain de ma meilleure amie.

Ronnie a secoué la tête en disant que finalement ça n'avait pas beaucoup changé par rapport à son époque, et qu'elle savait ce que c'était d'être persécutée dans la mesure où, avant d'être une femme, Ronnie était un homme.

Je lui ai répondu que de toute façon ce n'était

pas grave, puisque j'allais m'installer à Genovia. Ronnie m'a dit qu'elle était triste d'apprendre mon départ. J'allais lui manquer. Depuis que j'avais insisté pour qu'on trie les ordures ménagères dans le local poubelle, elle trouvait la vie dans l'immeuble beaucoup plus agréable.

Et puis Ronnie m'a dit qu'elle devait y aller. Elle avait rendez-vous avec son fiancé. Avant de refermer la fenêtre de sa salle de bains, elle a ajouté que je pouvais garder la couverture électrique aussi longtemps que je le voulais, tant que je n'oubliais pas de la lui rapporter.

Quand je pense que même ma voisine, qui était un homme avant, a un fiancé.

QU'EST-CE QUI CLOCHE CHEZ MOI, BON SANG ?

Oh, oh. J'entends des pas dans ma chambre. Qui ça peut bien être ?

Vendredi 19 décembre, 7 h 30

Je suis encore en état de choc.

Vous ne devinerez jamais qui s'est installé sur l'échelle d'incendie à côté de moi et est resté pendant une demi-heure.

Grand-Mère.

Je ne plaisante pas.

J'étais donc assise sur mon échelle et je commençais sacrément à déprimer quand, tout à coup, une manche en fourrure est apparue à la fenêtre de ma chambre, puis deux pieds chaussés de talons aiguilles puis une tête blonde et, enfin, Grand-Mère en entier, dans son manteau en chinchilla.

« Amelia, m'a-t-elle dit, l'air très sérieux, qu'est-ce que tu fabriques ici ? Il neige. Rentre. »

Je n'en revenais pas. Un, que Grand-Mère ose descendre par l'échelle d'incendie pour venir s'asseoir à côté de moi (je sais qu'une princesse ne doit pas dire ce genre de chose, mais il y a plein de crottes de pigeon ici), et deux, qu'elle m'adresse la parole après ce qu'elle m'a fait.

En parlant de ce qu'elle m'a fait, elle n'a pas perdu de temps pour se justifier.

« Je comprends tout à fait que tu m'en veuilles, a-t-elle déclaré, et tu as raison. Mais je veux que tu saches que je l'ai fait pour *ton* bien. »

Même si je m'étais juré de ne plus jamais lui reparler, je n'ai pas pu m'empêcher de m'exclamer : « Ah oui ? Comment peux-tu dire une chose pareille ? Tu m'as humiliée ! »

Grand-Mère a répondu : « Ce n'était pas mon intention. Je voulais te prouver que tu es aussi jolie que toutes ces filles qu'on voit dans les magazines.

C'est important que tu saches que tu n'es pas la hideuse créature que tu penses être.

— Grand-Mère, c'est très gentil de ta part, ai-je dit, mais tu aurais dû t'y prendre autrement.

— Et comment ? a rétorqué Grand-Mère. Tu as refusé de poser pour tous les magazines qui te l'ont proposé. Tu as dit non à *Vogue*, à *Harper's Bazaar*. Tu n'as pas compris que ce que Sebastiano t'a dit sur ta silhouette est vrai. Tu es très belle, Amelia. Si seulement tu avais un peu plus confiance en toi et si tu te mettais en valeur de temps en temps, ce garçon que tu aimes n'hésiterait pas une seconde à quitter la fille aux mouches pour toi.

— Aux drosophiles, Grand-Mère, ai-je corrigé. Et puis, je t'ai déjà dit que Michael l'aime parce qu'elle est intelligente. Ils partagent plein de choses, comme l'informatique. Ça n'a rien à voir avec son physique. »

Grand-Mère a soupiré et dit : « Amelia, ne sois pas si naïve. »

Pauvre Grand-Mère. Je ne pouvais pas vraiment lui en vouloir. Elle vient d'un autre monde et, dans son monde, les femmes sont appréciées pour leur beauté – et si elles ne sont pas belles, on les apprécie parce qu'elles s'habillent bien. Leur métier ne compte pas. De toute façon, elles ne travaillent en général pas, à part s'occuper d'une ou deux œuvres de charité.

Grand-Mère ne comprend pas qu'aujourd'hui être belle ne sert pas à grand-chose. Oh, bien sûr, ça sert à Hollywood et à Milan, sur les podiums des maisons de haute couture. Mais de nos jours, les gens savent que c'est l'A.D.N. qui fait qu'une personne est belle ou pas. La beauté n'a rien à voir avec ce qu'on fait dans la vie. C'est juste une question de génétique.

Non, ce qui compte aujourd'hui, c'est ce qu'on fait avec le cerveau qui se trouve *derrière* ces magnifiques yeux bleus, ou marron, ou verts. À l'époque de Grand-Mère, une fille comme Judith qui aurait cloné des drosophiles aurait été considérée comme une curiosité de la nature, sauf si elle avait cloné des drosophiles *et* avait aussi ressemblé à un mannequin de chez Dior.

Cela dit, même dans notre siècle de lumières, les filles comme Judith n'attirent pas autant l'attention que les filles comme Lana, ce qui est totalement injuste dans la mesure où cloner des drosophiles est bien plus important qu'avoir de beaux cheveux.

Mais les gens les plus pathétiques sont ceux qui sont comme moi : je ne sais pas cloner des drosophiles et je n'ai pas de beaux cheveux.

Mais bon, ça va. Je m'y suis habituée.

C'est Grand-Mère qui a juste besoin de s'en persuader. Que je suis un cas désespéré, je veux dire.

« Écoute, Grand-Mère, ai-je repris. Michael n'est pas le genre de garçon à être impressionné parce que je suis dans le supplément du *Sunday Times* en robe de bal. *Il n'est pas comme ça.* Et s'il était comme ça, je ne l'aimerais pas. »

Grand-Mère n'a pas paru convaincue.

« Je ne sais pas, Amelia, a-t-elle fait, l'air songeuse. Quoi qu'il en soit, je suis venue pour te présenter mes excuses. Je n'avais certainement pas l'intention de te mettre dans l'embarras. Tout ce que je voulais, c'était te montrer de quoi tu es capable, si seulement tu te donnais la peine d'essayer. »

Elle a lissé ses gants avant de poursuivre : « Et regarde comme j'ai bien réussi. Tu as donné cette conférence de presse toute seule ! »

Je n'ai pas pu m'empêcher de sourire.

« Et j'ai cru comprendre que tu avais eu une bonne note à ton évaluation en maths », a ajouté Grand-Mère.

J'ai souri à nouveau en hochant la tête.

« Il ne te reste plus qu'une chose à faire, a-t-elle alors déclaré.

— Je sais, ai-je répondu. J'y ai pas mal réfléchi, d'ailleurs. Je crois que ce serait bien si je restais plus longtemps à Genovia. Peut-être même que je vais m'y installer définitivement. Qu'est-ce que tu en penses ? »

Grand-Mère a ouvert de grands yeux étonnés et a dit : « Tu envisages de vivre à Genovia ? »

C'était bien la première fois que je la prenais au dépourvu.

« Eh bien, oui, ai-je répliqué. Il y a des lycées, là-bas. Je pourrais y finir mes études et aller ensuite dans l'une de ces écoles privées en Suisse dont tu me parles tout le temps. »

Grand-Mère m'a regardée fixement avant d'affirmer : « Tu ne le supporterais pas.

— Mais si, lui ai-je assuré. Ça pourrait être drôle, même. Tu imagines, pas de garçon ! Ce serait génial. J'en ai un peu ma claque des garçons, tu sais. »

Grand-Mère a secoué la tête.

« Et tes amis... ta mère ? a-t-elle dit.

— Ils pourraient venir me voir », ai-je répondu.

Le visage de Grand-Mère s'est durci. Elle a plissé les yeux jusqu'à ce que ses paupières alourdies de mascara se referment presque et a déclaré : « Amelia Mignonette Renaldo, tu cherches à fuir quelque chose. »

J'ai fait non de la tête d'un air innocent.

« Pas du tout, Grand-Mère, ai-je affirmé. J'adorerais vivre à Genovia. C'est la meilleure solution.

— LA MEILLEURE SOLUTION ? » a répété Grand-Mère en se levant.

Les talons aiguilles de ses chaussures s'étaient coincés dans les petits trous des marches métalliques, mais apparemment elle s'en fichait. Elle m'a montré la fenêtre de ma chambre et, sur un ton que je ne lui connaissais pas, elle m'a ordonné de rentrer immédiatement.

J'étais tellement surprise que je lui ai obéi. J'ai débranché la couverture électrique de Ronnie, je suis remontée dans ma chambre et j'ai attendu que Grand-Mère me rejoigne.

Une fois à l'intérieur, elle a lissé sa robe et, tout en fouillant dans mon placard, elle a déclaré : « Tu appartiens à la famille royale des Renaldo et les Renaldo ne se dérobent pas à leurs responsabilités. Les Renaldo ne s'enfuient pas à la première manifestation de l'adversité.

— Grand-Mère, ai-je protesté, ce qui s'est passé aujourd'hui n'est pas la première manifestation de l'adversité, d'accord ? Ce qui s'est passé aujourd'hui est la goutte d'eau qui a fait déborder le vase. Je n'en peux plus. Je me retire du jeu. »

Grand-Mère a sorti la robe que Sebastiano m'avait dessinée pour le bal de l'école, vous savez, celle qui est censée faire que Michael oublie que je suis la meilleure amie de sa sœur, et a dit : « N'importe quoi. »

C'est tout. Juste *n'importe quoi.*

Peut-être parce que j'avais passé tout ce temps dehors, ou parce que je savais que ma mère, Mr. G. et mon père étaient à côté et écoutaient – comment auraient-ils pu faire autrement ? Il n'y avait plus de porte qui séparait ma chambre du salon –, mais j'ai refusé :

« Tu ne comprends pas, Grand-Mère. Je ne peux pas y retourner. »

Grand-Mère a répondu : « Raison de plus pour que tu y ailles. »

Je me suis approchée d'elle et j'ai fait : « Non, je n'irai pas. De toute façon, je n'ai même pas de cavalier. Il n'y a que les *losers* qui vont au bal tout seuls.

— Tu n'es pas une *loser*, Amelia, a rétorqué Grand-Mère. Tu es une princesse. Et les princesses ne baissent pas les bras à la première difficulté venue. Elles redressent les épaules et vont là où leur destin les appelle la tête haute. Bravement et sans se plaindre. »

Qu'est-ce qu'elle me racontait ?

« Hé ho, Grand-Mère, ai-je dit. On n'est pas en train de parler d'une attaque des Visigoths. On parle des élèves de mon lycée, qui sont tous persuadés que je suis amoureuse de Boris Pelkowski.

— Et c'est exactement pour ça que tu dois leur montrer que tu ne te soucies pas de ce qu'ils pensent, a répondu Grand-Mère.

— Pourquoi je ne le leur montrerais pas en n'y allant pas ? ai-je dit.

— Parce que ce serait faire preuve de lâcheté, a répliqué Grand-Mère. Et tu nous as prouvé la semaine dernière que tu étais tout sauf lâche. À présent, Mia, habille-toi. »

Je ne sais pas pourquoi, mais j'ai obtempéré. Qui sait si ce n'est pas parce que, au fond de moi, je savais que Grand-Mère avait raison.

À moins que je ne l'aie fait parce que, pour la première fois de sa vie, Grand-Mère ne m'avait pas appelée Amelia.

Non. Elle avait dit Mia.

Résultat, à cause de mon stupide sentimentalisme, je suis dans la limousine, en ce moment même, en chemin pour ce stupide et poussiéreux lycée Albert-Einstein où je pensais ne pas remettre les pieds il y a quatre heures à peine.

Mais non, j'y retourne. J'y retourne dans cette stupide robe en velours vert que Sebastiano a dessinée spécialement pour moi. J'y retourne *toute seule* et tout le monde va se moquer de moi parce que je suis et resterai toute ma vie une anomalie biologique qui ne trouvera jamais chaussure à son pied.

Mais comme je suis aussi princesse, je suis censée accepter tout ce qui se présente à moi, même si je trouve ça cruel ou injuste.

Enfin, je peux toujours me consoler en me disant que demain je serai à des milliers de kilomètres d'ici.

Ça y est. On est arrivés.

Je crois que je vais être malade.

Samedi 20 décembre, dans le jet royal de Genovia, à 6 000 mètres au-dessus de l'Atlantique

Pour l'anniversaire de mes six ans, je rêvais d'avoir un chat.

Je me fichais pas mal de la race. Tout ce que je voulais, c'était un chat. Un chat rien qu'à moi. Ma mère et moi, on était allées rendre visite à Pépé et Mémé Thermopolis, en Indiana. Leur chatte venait d'avoir une portée de chatons au poil roux et blanc qui ronronnaient quand je les prenais dans mes bras et se mettaient en boule contre moi pour faire la sieste. Je me souviens que j'étais prête à donner n'importe quoi pour garder un de ces chatons.

Il faut que je précise qu'à cette époque je suçais mon pouce. Ma mère avait tout essayé pour que j'arrête, même m'acheter une poupée Barbie, malgré sa haine irrépressible des Barbie et de tout ce qu'elles représentent. Mais rien n'avait marché.

Du coup, quand je m'étais mise à la harceler pour avoir un chat, elle m'avait fait une offre : si j'arrêtais de sucer mon pouce, j'aurais un chat pour mes six ans.

J'ai arrêté du jour au lendemain.

Sauf que, plus mon anniversaire approchait, plus je me méfiais. Jamais ma mère ne tiendrait sa promesse. Il faut dire que, déjà à six ans, j'avais remarqué qu'elle n'était pas la personne la plus responsable qui soit. Pourquoi sinon nous coupait-on systématiquement l'électricité ? Et pourquoi, un jour sur deux, j'arrivais à l'école en jupe *et* pantalon si ce n'est parce qu'elle me laissait m'habiller toute seule ? Bref, je n'étais pas sûre qu'elle se souvienne du chaton et, si elle s'en souvenait, qu'elle sache où en trouver un.

Vous pouvez donc imaginer que le matin de mes six ans, je n'avais pas beaucoup d'espoir.

Aussi, quand ma mère est entrée dans ma chambre en tenant dans ses bras une petite boule de poils roux et blanc et qu'elle l'a déposée sur mon ventre, et que j'ai ensuite regardé les yeux bleus de

Fat Louie (c'était avant qu'ils deviennent verts), j'ai éprouvé un sentiment de bonheur comme jamais je n'en avais connu dans ma vie, et comme jamais je ne pensais en connaître de nouveau un jour.

C'est-à-dire, jusqu'à hier soir.

Je ne plaisante pas.

Hier soir a été la meilleure soirée de TOUTE ma vie.

Après l'histoire du supplément du *Sunday Times*, j'en voulais tellement à Grand-Mère que j'avais rayé de mon vocabulaire le mot « gratitude » en ce qui la concernait.

C'est parce que je ne savais pas qu'elle avait raison de m'obliger à aller au bal. Je suis TELLEMENT HEUREUSE d'être retournée au lycée. C'est le meilleur lycée de tout le pays, peut-être même du monde entier !!!!!

Bon d'accord, je vais raconter ce qui s'est passé :

Lars et moi, on s'est garés devant Albert-Einstein. Toutes les fenêtres étaient éclairées par des petites lumières blanches censées représenter des flocons de neige, j'imagine.

J'étais tellement persuadée que j'allais vomir que je l'ai dit à Lars. Il m'a répondu que ce n'était pas possible, vu que je n'avais rien mangé, à sa connaissance, depuis le brownie dans l'après-midi à la kermesse, et que je l'avais probablement digéré depuis. Et c'est avec cette information des plus encourageantes qu'il m'a escortée en haut des marches du lycée.

Des tas d'élèves étaient entassés devant le vestiaire, à côté de l'entrée. Pendant que Lars déposait nos manteaux, j'ai attendu qu'on vienne me demander ce que je faisais là, sans cavalier. Sauf que c'est Lilly-et-Boris et Tina-et-Dave qui m'ont rejointe. Ils m'ont souri et m'ont dit qu'ils étaient super heureux de me voir (Tina m'a raconté après qu'elle avait prévenu tout le monde qu'on avait cassé Kenny et moi, sans préciser pourquoi, HEUREUSEMENT).

Bref, réconfortée par la présence de mes amis, je suis entrée dans le gymnase. Il était décoré de guirlandes en papier crépon, de flocons argentés et de fausse neige qui faisait bien plus blanche et bien plus propre que la neige dans la cour.

Tout le monde était là. Lana et Josh, Justin Baxendale, suivi de sa horde de fans, Shameeka, Ling Su, et même Kenny. Quand il m'a vue, il a rougi brusquement et s'est retourné pour parler avec une fille du cours de bio. Tant mieux.

Tout le monde était là, sauf la personne que je redoutais de voir, ou que j'espérais voir, je ne savais plus.

Et puis, j'ai vu Judith Gershner. Elle avait troqué sa salopette pour une robe rouge, genre Laura Ashley.

Je dois dire qu'elle était plutôt en beauté.

Mais elle ne dansait pas avec Michael. Elle dansait avec un garçon que je ne connaissais pas.

Du coup, j'ai cherché Lilly et j'ai fini par la repérer en train de téléphoner d'une des cabines, au fond du gymnase. Je suis allée la retrouver et je lui ai demandé : « Où est ton frère ? »

Lilly a raccroché et a répondu : « Comment veux-tu que je le sache ? Je ne suis pas sa baby-sitter. »

Rassurée par son comportement – quoi qu'il arrive, Lilly ne change pas –, j'ai insisté : « Je te demande ça parce que Judith Gershner est là, et je me disais que... »

Lilly m'a interrompue et s'est exclamée : « Bon sang, Mia ! Combien de fois je vais devoir te répéter que Michael et Judith ne sortent pas ensemble !

— Ah oui ? ai-je dit. Pourquoi alors ne se sont-ils pas quittés d'une semelle pendant ces deux dernières semaines ?

— Parce qu'ils travaillaient sur leur stupide logiciel pour la kermesse, a rétorqué Lilly. De toute façon, Judith Gershner a déjà un petit copain. »

Lilly m'a attrapée par les épaules et m'a montré Judith qui dansait avec un garçon.

« Il est de Trinity, m'a-t-elle expliqué.

— Oh, ai-je fait.

— Oui, c'est ça, *oh*, a répété Lilly. Franchement, Mia, je ne sais pas ce que tu as aujourd'hui, mais ce n'est pas évident de communiquer avec toi. Maintenant, assieds-toi (elle a approché une chaise) et ne bouge pas d'ici. Je veux savoir où tu seras quand j'aurai besoin de toi. »

Et sans même demander à Lilly pourquoi elle pouvait avoir besoin de moi, je me suis assise. En fait, je ne tenais plus debout tellement j'étais fatiguée.

Je ne peux pas dire que j'étais déçue que Michael ne soit pas là. Après ce qui s'était passé, je n'avais pas particulièrement envie de le voir. Enfin, une partie de moi n'avait pas envie de le voir.

Mais une autre partie avait *très* envie de le voir pour lui demander ce qu'il avait voulu dire dans son poème.

Sauf que j'avais un peu peur de la réponse.

Après tout, il y avait une chance sur deux pour que ce ne soit pas celle que j'espérais.

Au bout d'un moment, Lars et Wahim sont venus s'asseoir à côté de moi et ils se sont immédiatement lancés dans une longue discussion sur les avantages et les inconvénients des balles en plastique ! J'avais l'impression d'être invisible. C'est vrai, quoi. J'étais assise entre deux gardes du corps et personne ne faisait attention à moi. Personne ne me parlait, personne ne m'invitait à danser. De toute façon, qui m'aurait invitée à danser ? Autant regarder la vérité en face. Qui pouvait s'intéresser à une pauvre fille comme moi, sans cavalier et censée être amoureuse du petit copain de sa meilleure amie ?

Du coup, je me suis demandé pourquoi je restais, finalement. J'avais fait ce que Grand-Mère m'avait dit de faire. J'étais venue, je m'étais montrée et j'avais prouvé à tout le monde que je n'étais pas lâche. Je pouvais partir maintenant.

Je me suis levée et j'ai dit à Lars : « On s'en va. J'en ai assez. Il faut que je finisse mes bagages. »

Lars a hoché la tête mais, au moment de se lever à son tour, il s'est brusquement immobilisé en regardant derrière moi.

Je me suis retournée, curieuse de savoir ce qui avait bien pu attirer son attention et...

J'ai vu Michael.

Apparemment, il venait d'arriver car il était tout essoufflé et avait encore de la neige dans les cheveux.

« Je pensais que tu ne viendrais pas », a-t-il dit en s'efforçant de respirer normalement.

J'ai senti, à ce moment-là, que j'avais les joues en

feu. À tous les coups, elles devaient être encore plus rouges que la robe de Judith Gershner.

« J'ai failli ne pas venir, ai-je répondu.

— Je t'ai téléphoné plusieurs fois, mais tu as refusé de me parler, m'a rappelé Michael.

— Je sais », ai-je murmuré en priant pour que le plancher du gymnase s'ouvre comme dans *La vie est belle* et que je me noie dans la piscine en dessous. Comme ça, je n'aurais pas eu à endurer cette conversation.

Et puis, Michael a dit : « Tu sais, Mia, je ne voulais pas te faire pleurer, tout à l'heure, à la kermesse. »

Ça me serait allé si le plancher s'était juste ouvert et que je tombe tout simplement, que je n'arrête pas de tomber. J'ai regardé le plancher en le suppliant de se fendre et de m'avaler, et j'ai répondu : « Ce n'est pas à cause de ça que j'ai pleuré. C'est à cause de ce que Kenny a dit.

— Oui, a fait Michael. J'ai entendu dire que vous aviez cassé. »

Super. Toute l'école devait être au courant, aussi, j'imagine.

« En fait, a continué Michael, je savais que c'était toi qui m'envoyais les cartes. »

S'il m'avait ouvert la poitrine et arraché le cœur, et s'il l'avait ensuite jeté par terre et envoyé d'un coup de pied à l'autre bout du gymnase, je crois que je n'aurais pas eu plus mal. Je sentais que mes yeux s'emplissaient à nouveau de larmes.

« Tu savais ? » ai-je fait.

Avoir le cœur brisé, c'est dur. Mais avoir le cœur brisé au bal de l'école, devant tout le monde, c'est super dur.

« Oui. Lilly me l'avait dit », m'a expliqué Michael.

Pour la première fois, j'ai osé le regarder en face et j'ai répété : « *Lilly* te l'avait dit ? Mais comment le savait-elle ? »

Michael a agité la main et a répondu : « Je ne sais pas. Je crois que c'est Tina qui le lui a raconté. Mais ça n'a pas d'importance. »

J'ai parcouru le gymnase des yeux. Lilly et Tina se tenaient sur le côté et nous observaient, Michael et moi. Quand elles ont croisé mon regard, elles se sont empressées de se tourner vers leurs petits copains et de s'intéresser à leur discussion.

« Je vais les tuer », ai-je marmonné.

Michael s'est alors avancé, il m'a prise par les épaules et a dit : « Mia, ça n'a *pas* d'importance. Ce qui compte, c'est que je pense ce que je t'ai écrit. Je croyais que toi aussi. »

Est-ce que j'avais bien entendu ?

J'ai répondu tout doucement : « Bien sûr que je le pensais. »

Michael a secoué la tête et m'a demandé : « Pourquoi tu as pleuré alors ?

— Parce que... parce que, j'ai bégayé, je croyais... je croyais que tu te moquais de moi.

— Jamais je ne me moquerais de toi », a murmuré Michael.

Et c'est ce moment-là qu'il a choisi pour le faire.

Sans précipitation. Sans me demander la permission. Sans hésiter. Il s'est juste penché vers moi et il m'a embrassée sur la bouche.

J'ai su alors que Tina avait raison :

Ce n'est pas dégoûtant quand on aime le garçon.

En fait, c'est la chose la plus agréable au monde.

Et vous savez ce qu'il y a de mieux ?

Mis à part le fait :

1. que Michael m'aime aussi et qu'il l'a gardé secret aussi longtemps que moi, si ce n'est plus longtemps ;

2. que Lilly le savait depuis le début mais qu'elle n'a rien dit jusqu'à il y a quelques jours parce qu'elle trouvait que c'était intéressant de voir combien de temps on allait mettre avant de le comprendre à notre tour (finalement, on a mis pas mal de temps) ;

3. que même si Michael part à Columbia l'année prochaine, on pourra se voir aussi souvent qu'on le voudra puisque ce n'est vraiment pas loin ;

4. que Lana, en passant à côté de nous pendant qu'on s'embrassait, n'a pas pu s'empêcher de lâcher : « Vous ne pouvez pas aller faire ça ailleurs ! » ;

5. que j'ai dansé avec lui toute la nuit, jusqu'à ce que Lilly nous rejoigne et dise : « On s'en va. Avec la neige qui tombe, si on ne part pas maintenant, on ne pourra jamais rentrer. »

Non, ce qu'il y a de mieux, c'est qu'on est passés du baiser sur la bouche au baiser avec la langue, et que ça s'est fait naturellement.

Tina avait vraiment raison : il n'y a rien de plus naturel.

L'hôtesse vient de nous demander de relever nos tablettes parce qu'on ne va pas tarder à décoller. Je ne pourrai pas écrire pendant un petit moment.

Mon père m'a menacée d'aller s'asseoir à l'avant, dans la cabine du pilote, si je continue à parler de Michael.

Grand-Mère, elle, n'en revient pas du changement qui s'est opéré en moi. Elle dit que je fais plus grande. Elle n'a peut-être pas tout à fait tort. D'après elle, c'est parce que je porte une autre des créations originales de Sebastiano.

Mais moi, je sais que ce n'est pas ça.

Et je sais que ce n'est pas l'amour non plus. Enfin, pas complètement.

Je vais vous dire ce que c'est : je me suis autoréalisée.

Et je suis vraiment une princesse maintenant. Vous savez pourquoi ?

Parce que je peux écrire :

Et elle vécut heureuse jusqu'à la fin des temps.

Composition MCP - *Groupe JOUVE* - 45770 Saran
N° 314327S

Impression réalisée sur CAMERON par
BRODARD ET TAUPIN
La Flèche
en septembre 2008

« Pour l'éditeur, le principe est d'utiliser des papiers composés de fibres naturelles, renouvelables, recyclables et fabriquées à partir de bois issus de forêts qui adoptent un système d'aménagement durable. En outre, l'éditeur attend de ses fournisseurs de papier qu'ils s'inscrivent dans une démarche de certification environnementale reconnue. »

Dépôt légal imprimeur : 48855
20.16.1699.6/01 - ISBN : 978-2-01-201699-6

Loi n° 49-956 du 16 juillet 1949 sur les publications destinées à la jeunesse.
Dépôt légal : septembre 2008